승소머신
강변호사

승소머신 강변호사 1

가프 장편 소설

초판 1쇄 찍은 날 § 2018년 1월 18일
초판 1쇄 펴낸 날 § 2018년 1월 25일

지은이 § 가프
펴낸이 § 서경석

총괄팀장 § 최하나
편집책임 § 이선근
편집 § 김슬기

펴낸곳 § 도서출판 청어람
등록번호 § 제387-1999-000006호
등록일자 § 1999. 5. 31
어람번호 § 제1-2833호

주소 § 경기도 부천시 부일로 483번길 40 서경B/D 3F (우) 14640
전화 § 032-656-4452 팩스 § 032-656-4453
http://www.chungeoram.com
E-mail § chungeorambook@daum.net

ISBN 979-11-04-91611-3 04810
ISBN 979-11-04-91610-6 (세트)

승소머신 강변호사

1

가프 장편소설

FUSION
FANTASTIC
STORY

도서출판

청어
람

승소머신
강변호사

Contents

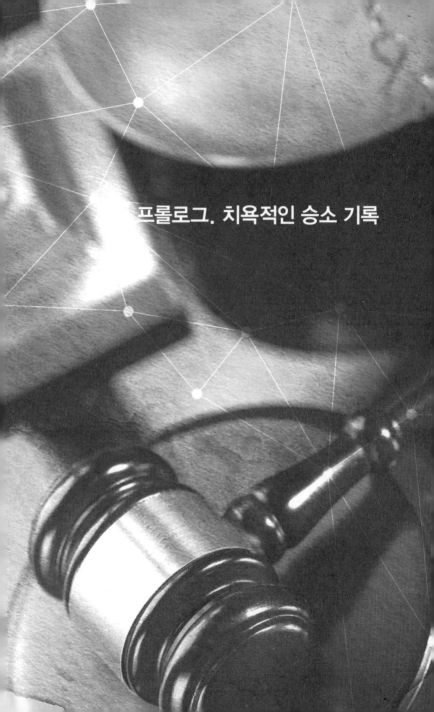

프롤로그. 치욕적인 승소 기록

　─원고 측이 청구한 사해행위 취소 소송은 취소의 근거가
취약한바 기각(棄却)한다─패소.

　─원고 측이 청구한 댓글 명예훼손 손배소는 사실 적시가
부족하므로 배상 이유 없음─패소.

　─원고 측이 청구한 정신적 위자료에 있어 직접 피해 증빙
이 빈약하므로 배상의무를 면한다─패소.

　─원고 측이 청구한 이혼소송에 있어 유책 사유가 충분치
않으므로 동 이혼 청구를 기각(棄却)한다─패소.

　─원고 측이 청구한 자동차 사망 사고에 대해 피고 측 보상

이 타당하므로 기 보상액으로 갈음한다—패소.

패소!
패소!
패패패패소…….
땅!
땅!
땅!
초보 개변(개업 변호사) 강창규의 법조인의 길은 지뢰밭길보다 빡셌다.

"사주가 생판 글러 먹었어. 양(陽)이 너무 많아서 되다 말다 할 팔자야. 육신에 음(陰)을 들어앉혀야 조화가 이루어져. 귀신 잡아 먹어. 그래야만 대운이 뚫려. 단귀(單鬼) 먹으면 중박, 쌍귀(双鬼) 먹으면 대박날 거야."

창규가 태어나자 어머니가 다니던 고태산(孤太山) 암자의 걸신 스님이 한 말이란다.
귀신을 먹으라니?
귀신과는 연관될 일이 없었다.
억지로 갖다 붙이자면 고미술과 골동품에 관심이 있다는

것. 그러나 그건 고미술상을 하던 아버지의 영향이지 귀신과의 관련성은 제로였다.

"당신이나 폭풍 흡입 하세요, 돌땡중님아."

나중에 그 말을 들은 창규, 코웃음을 쳐주었다. 귀신의 도움 같은 거 없어도 변호사가 되신 몸이었다.

'사' 자 돌림 신분이 되었으니 약자를 도우며 사회정의를 실현할 생각이었다.

생각은 그랬다.

무슨 마(魔)가 끼었는지 무지막지하게 풀리지 않았다.

69전 1승 68패.

변호사 사무실 개업 후의 창규는 기네스북에 등재되고도 남을 기록적인 승소율(?)을 기록하고 있었다.

사무장 스카우트 비용에 직원들 월급, 사무실 운영비와 임대료를 대다 보니 거덜이 났다. 명예 대신 대출금과 이자가 눈덩이처럼 쌓여갔다.

'승소머신이 되고 싶어.'

'정의로운 변호사가 되고 싶어.'

'돈과 명예를 거머쥐고 싶어.'

허튼 3관왕의 꿈은 날마다 저만치 멀어졌다.

술로 막장까지 달리던 어느 날, 정신 줄을 놓고 용하다는 점집을 찾아갔다.

"귀신을 먹는 방법이 있나요? 나 태어날 때 고명한 스님이 그렇게 말했다는데."

"변호사쯤 되는 양반이… 정 원하시면 부적 정도 하시면……."

나름 용하다는 무속인들이 합창을 했다.

하루는 한방 병원에서 일하는 친구가 농담 반 진담 반 조언을 해왔다.

"동의보감에 귀신을 보는 법이 있다더라."

"그거 실화냐?"

"기록에 나오니까 그럴 수도……."

친구의 대답은 주저가 없었다.

귀신을 본다고?

빙고.

귀신을 먹으려면 귀신을 만나야 하는 법. 당장 그 비법이 새겨진 원문 기록을 찾아 실험에 들어갔다.

귀신을 볼 수 있는 기록은 견귀방(見鬼方).

見─볼 견, 鬼─귀신 귀, 方─모 방.

귀신을 보는 방법, 이름부터 필링이 왔다.

방법도 간단했다. 석창포와 귀구, 생 참마자에 꿀을 반죽해 환을 만들어 100일간 복용하면 끝이었다.

100일이 좀 아쉬웠다. 어느 세월에 100일을……. 뒤 페이지를 뒤져봤지만 속성법 같은 건 없었다.

좋아. 까짓 100일 정도야.

환을 만들어 지성으로 챙겨 먹었다. 한 번은 지방 출장 접견길에 환을 잊고 나와 여직원 미혜가 배달을 해온 적도 있었다.

그때 창규가 환을 먹은 시간은 자정 13초 전이었다.

결론은 꽝이었다.

꽝꽝!

100일째 되는 날.

목욕재계까지 하고 귀신을 기다렸다. '귀신님'은 출연하지 않았다.

좌절의 나날을 보낼 때 쥐구멍에 쨍, 볕이 들어왔다. 기적 같은 초대박 의뢰가 접수된 것이다. 노력이란 하는 것이 안 하는 것보다 낫다더니 '시도'만으로도 운이 풀린 걸까?

착수금으로 빳빳한 현찰이 꽂혔다. 무려 10억이었다. 사람 죽으란 법 없다.

대출로 옥조이던 숨통에 사통팔달 숨길이 열렸다. 하지만 아주 잠깐의 행복이었다. 안 되는 놈은 안 되는 것인지 대박 의뢰가 대박 꼬이고 말았다. 다 쓴 10억을 게워내야 할 상황이 되었다.

지상에서 가장 억울한 게, 다 쓴 돈 게워내야 할 때와 도박

판에서 딴 돈 잃었을 때라고 한다. 그 심정 그제야 알았다.

문제는 그 상대가 보통 사람이 아니시라는 것. 수완의 대가로써 사람 목 비트는 건 예사로 안다는 것.

접자.

내 인생 여기까지구나.

피 마르는 체념이 왔다.

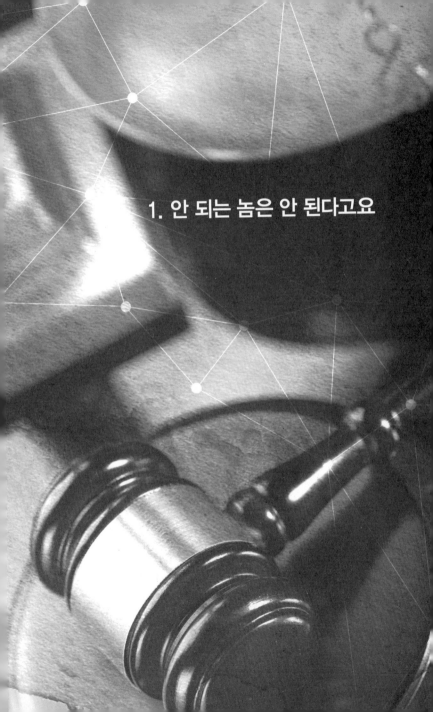

1. 안 되는 놈은 안 된다고요

땅땅땅!

윤여도 회장과의 통화가 끝난 후에 강창규, 그 인생에 셀프 사망 선고를 내렸다. 윤 회장의 최후 통첩은 막 갈아놓은 사시미 칼날보다 살벌했다.

"얘기는 이미 끝난 것으로 아네만."

'개소리 말고 당장 뛰어 와서 10억 게워.'

말은 점잖지만 속뜻은 그것이었다.

죽는 것만이 해결책이었다. 그렇지 않고는 10억을 마련할 길이 없었다. 착한 아내와 어린 딸에게 가장의 명예를 지킬 방법도 없었다. 창규를 철석같이 믿고 따르는 순딩이 아내 순비. 그리고 이제 막 딸 바보의 진수를 알게 해준 다섯 살 승하.

수다한 사연을 놓고 혼자 가려니 눈에 밟혔다. 보험 하나 변변히 들어놓은 것도 없었다. 집도 아내 몰래 저당이 잡혀 있다. 아니, 설령 보험에 들었다고 해도 윤 회장이 채갈 일이었다. 남편의 채무 역시 직계존속에게 상속되는 법이니까.

'걸신 스님……'

마지막으로 봐야 할 사람이 있었다. 물에 빠진 사람은 지푸라기라도 잡는다. 하물며 인생 마감의 위기에 몰린 창규가 아닌가. 혹 그가 진짜 땡중이라서 취중에 한 말이라면 면상이라도 한 대 갈기고 죽을 생각이었다. 그 한 대가 창규에게는 최후의 위자료였다. 아주 낮은 확률이지만, 만약 그가 무슨 도술이라도 부리는 고승이라면 해결책이 있을 수도 있다. 어쩌면 귀신을 먹게 해줄 수도 있다. 자기 입으로 나불거린 일이니까.

그것도 아니라면 회귀는 어떨까? 요즘 드라마든 영화든 회귀 소재가 유행이다. 다른 건 몰라도 회귀하면 첫 소송부터 바로잡고 싶었다.

창규의 첫 소송은 교통사고였다. 뺑소니와 살인죄가 경합하는 경우였는데 경찰이 무리하게 살인죄를 적용해 검찰로 넘긴 케이스였다. 의뢰인과 가해자는 서로 아는 관계였다. 살의는 없어 보였다. 검찰 조서 과정에 손을 써야 하는 케이스였다. 교통사고로 만들어야 했다.

"별거 아닙니다. 제가 검찰 쪽에 손을 쓸 테니 거마비나 두둑이……."

스카우트로 모셔온 사무장이 큰소리를 쳤다. 경찰의 사건 뺑튀기 버릇에서 비롯된 무리한 살인죄 적용이고, 담당 검사 라인도 잘 안다고 했다.

"첫 단추니 잘 꿰어봅시다."

거마비 봉투를 빵빵하게 채워주었다. 나중에 알았지만 사무장이 만난 건 담당 검사 옆방의 옆방에서 일하는 파견 형사였다.

"어떻게 될 거 같아? 한번 좀 알아봐 줘."

사무장이 손 쓴 것의 전부였다.

결국 살인죄가 적용되고 말았다. 재판 기일이 빨리 잡히는 통에 변론도 제대로 하지 못했다. 의뢰인 가족이 뿔이 났다. 사무실이 뒤집어졌다. 친지들을 몰고 와 단체로 깽판을 부린 것이다.

"니가 변호사냐?"

"다른 변호사들이 뺑소니로 된다는 거 수임료가 낮아서 맡겼더니 일을 이 꼴로 만들어? 돈 게워, 이 찌질한 변호사 새끼야."

변호사 사무실에 오색 협박이 난무했지만 법대로 맞설 수 없었다. 그렇게 찌질이 셀프 인증 데뷔전을 치른 창규였다.

부웅!

사무실에서 차를 몰고 나오기 무섭게 미행이 붙었다. 윤 회장의 비서실장이 풀어놓은 감시책들이었다. 윤 회장의 최후통첩은 이제 세 시간가량 남았다.

'마지노선은 오늘 은행 마감 시간.'

변통할 길이 없는 창규가 튄다고 판단한 모양이었다. 사실 운전에는 자신이 없었다. 그래도 오늘은 달랐다. 카레이서처럼 밟았다. 딱지든 뭐든 의식하지 않았다.

차는 고태산 자락으로 향했다. 걸신 스님이 있는 암자로 향하는 산자락을 찾았다. 길을 돌아가는 통에 어스름이 내렸다. 가방을 집어 들고 산으로 뛰었다.

"······!"

기억을 더듬어 암자를 찾았다. 어머니와 두 번 와본 적이 있었다. 암자는 그곳에 없었다. 대신 큰 절이 들어서 있었다.

이 스님, 시주로 떼돈을 벌었나 싶을 때 이마 밝은 스님이 나왔다.

"입적하셨지."

그는 걸신 스님을 기억하고 있었다.

"언제······."

창규 목소리가 기어들어 갔다. 허무함 때문이었다. 숨골이 터질 정도로 달려왔는데 지구를 떠났다니······.

"나흘 됐지."

"……!"

"저녁을 너무 과하게 드시더니… 그 양반, 결국엔 식탐 때문에 도를 그르칠 줄 알긴 했지만……."

나흘.

다리에 힘이 쭉 풀렸다. 고작 4일 전? 차라리 4년이라면 허탈하지나 않을 일이었다.

"혹시……."

"혹시 뭐?"

노스님이 고개를 들었다.

"그분이 귀신에 대해서……."

"귀신?"

"예."

"귀신 좋아하기는 했지. 해우소에 가서 측신과 놀고, 부엌에 가서는 조왕귀과 놀고, 신도들 천도제나 썻김굿 같은 건 다 그 양반이 도맡아 했으니……."

"혹시……."

"혹시 뭐?"

"귀신 먹는 방법 같은 거……."

"귀신을 먹어?"

"예."

"어디 아프신가?"

"그게 아니고… 그분이 저희 어머니께……."

"어머니가 미인이셨던 모양이군."

"예?"

"걸신 스님 스타일이 그렇지. 좀 반반하다 싶은 여신도가 오면 귀신 이야기로 호감을 사고는 작업에 돌입……."

"……."

"여인네 두 명의 엉덩짝에 음양의 신법으로 귀신을 혼인시키는 비기까지 남겼다고 허풍까지도……."

"……."

"허헛, 내가 무슨 망발을… 아무튼 걸신 스님은 이제 영영 못 올 길 갔으니 그리 아시게."

노스님은 사뿐하게 돌아섰다.

휴우!

한숨이 절간 기와를 흔들었다.

안 되는 놈은 뭘 해도 안 된다.

고작 나흘을 늦다니.

나흘만 빨리 왔어도…….

'응?'

자책 속에서 이성이 고개를 들었다.

걸신 스님에게 뾰족 수가 있을 리 없었다. 노스님의 어투에서도 알 수 있었다. 그가 어머니에게 한 말은 죄다 구라인 것 같았다. 그걸 믿고 여기까지 달려오다니. 아니, 믿은 건 아니었다. 어쩌면 하나의 미련이었을 뿐.

타박타박.

내려가는 길은 덧없었다. 이제는 어둠까지 촘촘히 깔려 있다. 중간쯤 왔을까? 저 아래에서 올라오는 손전등 빛이 보였다.

"……!"

예감이 이상해 소나무 뒤로 몸을 숨겼다. 그들이었다. 비서실장의 수하들. 여기까지 쫓아온 것이다. 위치 추적이라도 한 걸까? 몰래 몸을 돌리다 마른나무를 건드렸다.

딱!

나무 부러지는 소리가 천둥처럼 울렸다.

"뭐야?"

귀 밝은 부하 하나가 손전등을 비췄다. 하필이면 창규의 얼굴이었다.

"저기 있다."

외침과 함께 산중 추격전이 시작되었다. 창규는 선불 맞은 노루처럼 뛰었다. 생존을 위해 달리는 창규는 추격자의 걸음과 달랐다.

야간 추심은 불법인데…….

꼴에 변호사라고 법률 관계가 떠올랐다. 하지만 이제 창규는 알았다. 세상은 법보다 주먹이 우선이었다.

한참을 달리다 보니 손전등 빛이 보이지 않았다.

'하아하아!'

나무에 기대 숨을 골랐다.

승소머신은 빌어먹을…….

다 틀렸다.

아내와 승하에게는 미안하지만…….

언젠가 창규가 빛을 볼 거라고 철석같이 믿고 있는 황태웅 교수에게도 송구하지만…….

그냥 여기서 끝내자.

더는 버틸 자신이 없었다. 개처럼 끌려가 아내와 딸 앞에 패대기쳐지고 싶지도 않았다.

어떻게 죽을까?

커다란 나무가 보였다.

목매달기.

자명한 결론이었다.

하지만 줄을 맬 만한 가지가 너무 높았다. 변호사를 하다 보니 남들보다 나은 건 머리 굴리는 것뿐. 게다가 추격을 피해 뛰다 보니 나무 오를 체력도 남지 않았다. 겨우겨우 적당한 소나무 한 그루를 찾았다. 가방을 열었다.

"……!"

쉿!

쌍욕이 나왔다. 가방에는 줄이 없었다. 무슨 마트의 노란 끈을 담았던 기억은 착각이었던 모양이다. 가방 안에 담긴 건 남의 나라 '피리' 하나였다.

피리로 목숨을 끊는 방법은?

생각나지 않았다.

털썩!

주저앉고 말았다. 초대박 어이상실이었다. 줄이 없어 죽을 수도 없다니……

피리를 보자 아르메니아인이 스쳐갔다. 창규에게 1승을 안겨 준 68만 원짜리 소송이었다. 이겨봤자 남은 거 땡전 한 푼 없었던… 산더미만 한 쓰나미를 정면으로 맞은 듯 현기증이 일었다.

이렇게 되면 결론은 하나뿐이었다. 높은 벼랑 같은 곳으로 올라가 눈 딱 감고 이승과의 마감 점프를 하는 것이다.

휘익! 픽! 윽!

딱 세 단계면 끝날 일이었다.

하지만 그것도 쉬운 일은 아니었다. 아무 데서나 떨어진다고 죽을 리 없었다. 우선은 낙하 속도가 붙을 정도로 높아야 하고, 추락 지점에 바위나 돌이 있어야 했다. 그런 곳을 찾아 숲을 헤치며 걸었다. 가시나무가 손에 걸리면 따갑고 아팠다. 우스웠다. 뒤지러 가는 놈이 이 정도에 아픔을 느끼다니.

'씨발, 아픈 건 아픈 거지.'

괜한 궁시렁이 이어진다. 눈물인지 콧물인지 모를 액체가 끈적한 비애가 되어 흘러내렸다.

변호사 강창규.

아무리 폭망이라지만 그래도 '변호사'였다.

어쩌다 여기까지 왔을까?

그동안의 인생 여정이 파노라마처럼 촤라락 스쳐갔다.

고미술상을 하던 아버지가 일찍 죽어 홀어머니 밑에서 자랐다. 집안은 거의 알거지가 되었다. 어머니는 아버지에 대해 말을 아꼈다. 그렇기에 잘나가는 초년은 아니었다. 그럭저럭 지방 거점 국립대 하위권 학과에 들어갔다. 학비가 싸다는 장점이 있었다. 그 직후에 각성을 했다. 자취 속에서 깨달은 도였다. 창규는 요리에 일가견이 있었다. 대학 시절에는 창작 요리대회에 나가 우수상을 받은 적도 있었다.

그 피가 어디서 왔을까? 어머니의 유전자였다. 고단한 날은 어머니가 잘하던 요리를 카피해 먹었다. 그러면서 알게 되었다. 이 맛은 쉽게 낼 수 있는 맛이 아니구나. 어머니는 이 맛을 내기 위해 많은 과정을 거쳤구나. 그저 내가 잘 먹어주기를 바라며… 홀어머니의 희생을 깨달은 것이다.

학과 공부나마 열심히 했다. 동거다 서울 편입이다 한눈파는 애들이 많다 보니 상대적으로 괜찮은 성적을 받았다.

전 학년 평균 평점 4.05.

대단한 건 줄로 알았다. 그래봤자 종잇장이기는 마찬가지였다. 366장의 지원서를 냈지만 취직은 되지 않았다.

"엄마 생각인데 네가 공부는 좀 하니까……."

어느 날, 어머니가 로스쿨을 권했다. 아들의 결혼을 위해 한 푼, 두 푼 모아둔 통장과 카드를 내놓았다. 다니던 지방대 로스쿨에 붙었다. 아슬아슬한 추가 합격이었다.

공부로는 승부가 되지 않았다. 서울에서 밀려온 스터디 머신들은 클래스가 달랐다. 말로만 듣던 금수저들이었다. 빵빵한 부모의 자금으로 뇌에 인공지능을 이식한 게 분명해 보였다. 잘 거 다 자면서도 공부를 퍼펙트하게 해대는 게 증거였다. 공부로는 당할 재간이 없었다.

'정공법이 안 되면 요령이라도.'

어떤 책에서 본 글귀를 응용했다. 방향을 급선회해서 동기회 대표를 맡았다. 그리 어렵지 않게 당선이 되었다. 성격이 원만한 까닭에 선후배 관계가 좋았던 것이다. 덕분에 선배를 많이 알게 되었다. 덕분에 드래곤 하트보다 귀하다는 시험 족보를 구해 겨우겨우 변호사 시험에 합격했다. 남들은 판검사 시험이나 빠방한 법무법인에 합격해서 환호할 때 창규는 변호사 합격중에 눈물의 키스를 했다. 키스가 키스를 불러와 결혼도 했다.

이제 취직을 해야 했다.

'쉽지 않겠지.'

'그래도 노력하면 되겠지.'

'KFC의 커넬 샌더스도 300번 만에 성공했다잖아.'

그 말을 좌우명으로 내걸었다. 혹시 모르는 일이므로 정앤
김부터 대서양, 지판, 태종. 그 아래로 30위권까지의 법무법인
을 포함해 300장의 자소서를 냈다. 승소머신이 되기 전에 자
소서머신부터 이룬 창규였다. 매 순간 핸드폰을 쳐다보며 살
았다. 심지어는 변기에서 밀어내기를 할 때도 전화 소리를 못
들을까 봐 전력을 다하지 못했다. 속 모르는 스팸 전화벨이
울릴 때마다 억장만 속절없이 무너졌다.

디로롱딩동.

딱 한 군데서 연락이 왔다.

—안녕하세요, 강창규 님.

담당자의 목소리가 더할 나위 없이 정중했다.

'우워어!'

합격인 줄 알고 소리 없는 광분을 했다.

—우리 인턴이 실수로 접수했으니 응시 원서는 도로 찾아가
시겠어요? 아니면 저희가 분쇄를⋯⋯.

"⋯⋯."

레알 폭망이었다.

면접을 위해 명품 양복과 넥타이, 지갑과 구두까지 쫙 뽑아

놓은 아내 '순비'에게 할 말이 없었다. 충격에 못 이겨 뒷골목 술집에서 혼술을 하느라 결혼 후 처음으로 외박을 했다.

"큰일 할 사람이 뭐 그 정도 가지고 그래요? KFC 할아버지도 300번 시도해서 성공했다고 말한 사람은 창규 씨예요."

그녀는 술에 떡이 되어 노상에서 뻗었다 돌아온 창규를 위로해 주었다. 그녀를 위해서라도 힘을 내야 했다.

하다하다 지방자치단체 법무 팀에서 모집하는 6급 공무원직에도 응시를 했다.

이 정도면 꽤 하향 지원.

당연히 붙겠지 하는 통에 과연 연락이 왔다.

'6급이면 성에 안 차지만 아쉬운 대로 경험을 쌓다가……'

"강창규입니다."

여유롭게 전화를 받았다. 핸드폰에서 나온 말은 또 술을 땡기게 하는 말이었다.

"불합격하셨는데 필요하면 서류를 반송해 드릴까요?"

아, 빌어먹을 대한민국 공무원, 이렇게까지 친절할 필요는 없는데… 창규는 핸드폰을 떨어뜨리고 말았다. 액정이 박살나면서 정신 줄도 함께 박살이 났다.

결국 선배 소개로 개변, 즉 개업 변호사 사무실에서 수습을 시작했다. 월급은 딱히 없었지만 얼떨결에 아내에게 거짓말을 하고 말았다.

"겨우 300 준다네."

300!

남자의 빗나간 자존심이었다.

첫 출근하는 날 아내는 창규 목의 넥타이를 가지런히 바로 잡아 주었다. 아아, 그때 사랑하는 아내의 손에 목 졸려 죽었 더라면……

선배의 변호사 사무실은 잡동사니 사건뿐이었다. 층간소음 이니 이웃간 애완동물 문제, 헤어진 연인에게 사준 선물 반환 문제와 소소한 이혼사건 등등……. 변호사인지 법무사인지, 그것도 아니면 중개사인지 헷갈릴 정도였다.

치욕스럽게도 집사 변호사도 담당했다. 돈 많은 피의자나 수 감자들에게 잔심부름을 해주는 변호사. 한 사람을 하루에 두 번, 한 달에 42회 접견한 적도 있었다. 구치소를 택배 기사처럼 드나들다 보니 구치소 교도관들과 소장에게 면박도 받았다.

"내가 변호사 안 되길 잘했지."

특히 서울의 구치소장 구자룡이 그랬다.

'내가 이러려고 변호사가 되었나?'

그쪽 교도관들까지 한통속으로 비웃을 때는 정말이지 접 시 물에 코를 박고 싶은 심정이었다.

경험도 쌓지 못하는 사이에 빚이 늘어났다. 아내에게 가져 다주는 월급 때문이었다.

2년!

아내 모르는 빚이 1억이 넘었다. 월 300씩 가져다주는데 왜 1억이 넘냐고 묻는 사람이 있다면 돌머리 셀프 인증이다.

빚이라는 게 그렇다. 쓸 때는 잘 모르지만 돌아보면 산더미가 되어 있는 것. 저 정도까지는 아닌데 싶지만 하나하나 계산해 보면 결국 들어맞는 것. 그 이름은 대출금.

슬슬 독촉이 시작되었다.

신장이라도 하나 떼어 팔아야 하나 싶을 때 슬픈 '반전'이 생겼다. 장인 장모가 사고로 죽은 것이다. 보험금 4억이 나왔다. 두 사람이 살던 작은 아파트까지 아내에게 넘어오니 상속세로 애국을 하고도 6억이 넘었다.

"창규 씨."

만성질환이 된 신장과 심장병으로 인해 늘 창백하고 파리한 순비, 퇴근 후의 창규를 불러 앉히더니 통장과 카드를 건네주었다.

"이제 독립하세요."

순비는 천사였다. 어깨에 투명한 날개도 보였다. 창규가 오리 알로 양념통닭을 부화시킨다고 해도 믿을 여자였다.

독립!

대한독립만세만큼이나 원하던 일이었다. 가만히 보니 사무실 개업, 별것도 아닌 것 같았다. 쓸 만한 사무장 하나 앉히면 대충 돌아가는 것이다.

순비에게 큰절을 하고 통장을 챙겼다. 대출을 해결하고 남은 실탄으로 사무실을 열었다. 제법 수완이 있다는 사무장도 웃돈을 주고 스카우트해 왔다.

—대표 변호사 강창규

명함에서 금빛이 났다. 마침내 월변에서 벗어나 대변, 대표 변호사 명함을 가진 것이다.

68승 1패.

수임 전적도 완전 화려했다. 68승 말이다. 그건 창규 쪽이 아니라 창규와 싸운 변호사, 검사들의 전적이었다.

첫 스타트부터 제대로 꼬였다. 인정상 계약한 수임도 많았고 때로는 다 이긴 소송도 마지막에 뒤집힌 게 다반사였다. 상대 변호사의 매수로 창규 측 증인이 변심하는가 하면, 의뢰인의 거짓말이 들통나기도 했다. 더러 법원이나 검찰에 쪼잔한 인맥이라도 닿아 한숨을 돌리면, 그 판검사가 돌연 전출을 가는 식이었다.

무려 68연패.

수단과 방법을 가리지 않은 대가였다.

여직원 공미혜가 궁금해서 알아봤더니 대한민국 기록이란다. 68연패를 기록한 변호사는 건국 이래 없다는 것이다.

—승소머신에서 패소머신으로.

제목이 바뀌면서 지갑 속의 사정도 바뀌었다. 운영자금은 빠르게 바닥이 났다. 빚은 빛의 속도로 불어갔다. 비웃음에도 가속도가 붙었다.

특히 같은 빌딩 2호 사무실의 대표 육경욱 변호사가 그랬다. 실수입만 연간 10억 이상으로 쏠쏠하게 빨아들이는 궁극의 승소머신. 동시에 궁지에 몰린 의뢰인에게 거액의 성공 보수 걸기로도 유명한 악질이었다.

"거 사무실만 내면 다 변호사인가? 로스쿨이 문제라니까. 개나 소나 다 받아들이니 저 모양이지."

그의 빈정은 도를 넘었다.

'오냐, 언제든 내가 잘나가게 되면 너만은 꼭 손을 봐주마.'

칼을 갈았지만 창규의 칼끝은 늘 육경욱보다 짧았다.

바로 그때 1승을 기록하게 해준 의뢰자가 찾아왔다. 한국인이 아니었다. 국적도 생소하고 한국말도 어설픈 아르메니아인이었다.

그의 이름은 쥬쟌.

"변호사님!"

쥬쟌은 창규를 보자마자 무릎을 꿇었다. 한국에 같이 일하러 온 동생이 살인 누명을 썼다는 것이다. 이 근방의 변호사 사무실을 다 돌았지만 퇴짜를 맞았다고 했다.

"그런데 왜 나를?"

창규가 묻자 아르메니아인의 대답이 걸작이었다. 주변 변호사들이 창규를 강추했다는 것.

"거기 한번 가보세요."

파리 날리는 사무실이니까.

꼴에 정은 많아서 돈 안 되는 소송도 받아주니까.

귀에 익은 메아리가 떠돌았다. 육경욱이 먼저 떠올랐다.

개자식.

창규는 거의 소리내어 욕을 했다. 이유는 수임료에 있었다. 아르메니아인이 지닌 수임료는 단돈 68만 원이었다. 그것도 천 원짜리까지 털어서 맞춘 금액. 동그라미가 두 개만 더 붙었어도 제가 냠냠했겠지.

"무죄나 집행유예가 되면… 알죠? 이렇게 해야 우리도 일할 맛이 난답니다."

성공 보수 300% 정도 슬쩍 끼워 넣은 계약서를 들이밀며……

지상에서 가장 이기적인 동물은 법조인이라는 말이 있다. 저희들이 이러니 그런 말을 듣는 것이다.

"이걸로는 안 돼요."

창규가 고개를 저었다. 사무장과 직원들 출장비도 안 될 돈이었다.

"그럼……"

아르메니아인이 반지를 빼놓았다. 주석 반지라 껌값이나 될 물건이었다.

"안 되니까 가보세요."

"잠깐만요."

사무장이 어깨를 치자 아르메니아 청년이 가방에서 피리 비스무리한 걸 꺼내놓았다.

"모태 독신녀로 살던 저희 이모할머니가 별코두더지 배설물 거름으로 키운 살구나무를 베어 만든 거예요. 운이 맞는 사람이 지니면 행운을 주고 운명까지 바꿔준다던데… 이걸 함께 드릴게요."

"이봐요."

별코두더지는 뭐고 살구나무는 또 뭐란 말인가? 차라리 순금 피리라면 몰라도……

"이걸 만든 살구나무의 씨가 노아의 방주가 멈춘 아라라트 산에서 받아온 거예요. 노아의 방주 아시죠? 다 끝난 세상에서 한 쌍씩 선택받아 새로운 시작을 하는 배."

노아의 방주?

신이 수공으로 지상을 멸할 때 지상의 동물 한 쌍씩 태워서 목숨을 건지게 했다던 그 배?

아르메니아 아라라트 산에서 가장 오래된 살구나무?

푸헐!

한국말도 어눌한 친구가 무슨 구라를 이토록 찬란하게?

어이상실중이 도지기 직전, 사무장이 건들거리며 나섰다.

"이봐, 여기가 어디라고……."

하지만 청년은 벌써 연주에 돌입해 있었다. 그 모습이 너무나 진지해 더 건드리지 못했다.

어쩌죠?

사무장이 창규를 바라보았다.

어쩌겠어요?

창규가 어깨를 으쓱해 보였다.

그런데…….

그 짧은 사이에 놀라운 일이 일어났다. 몇 소절 밀려 나온 소리가 창규의 오감을 휘어잡아 버린 것이다.

"……!"

아득하고 또 아득했다. 이건 연주가 아니라 최면이었다. 마취였다. 아르메니아인은 두둑을 창규에게 공손히 바쳤다.

"이제 두둑의 주인은 당신입니다. 당신만이 소리를 낼 수 있을 겁니다."

소리에 취한 창규는 비몽사몽 사건을 떠맡았다.

'그때 그놈이 최면을 건 거야.'

나중에, 자기 손으로 사인한 계약서를 보며 치를 떨었다.

그런데 진짜 행운이 일어났다. 사무장이 사표를 내버린 통에 직접 사건 목격자를 만난 창규, 몇 마디 묻던 중에 범행을 자백받은 것이다. 완전 꽁 먹은 사건이었다.

헐!

살다 보니 이런 날도 있구나.

수임료가 꼴랑 68만 원 플러스 아르메니아의 고물 악기라는 게 좀 그랬지만 어쨌든 최초의 승소였다. 법정을 나올 때는 은근 콧노래까지 새어나왔다.

승소!

역사적인 1승.

승소라는 게 이런 기분이구나.

변호사가 이래서 필요하구나.

1승의 전과(戰果)가 무공훈장처럼 몹시 뿌듯했다.

두둑.

그 작은 행운이 행운을 물어다 준 걸까? 오래지 않아 인생 역전이랄 수 있는 초대형 사건을 수임하게 되었다. 계약금만 무려 10억. 의뢰자의 바람대로 실형을 면하면 10억이 더해지는 대박 딜이 들어온 것이다.

윤여도 회장!

의뢰자의 '존함'이셨다. 신처럼 생각되어 명함조차도 함부로 보지 못했다. 그는 잘나가는 투자 전문 회사의 CEO였다. 다방면에 능통한 사람답게 도박에도 식견이 높았다. 그는 물론 접대 내지는 스트레스 해소, 혹은 사업 구상의 방편이라고 했다.

틀린 말은 아니다. 지구에 사는 사람들은 너무 다양해서 사업 구상 하는 방식도 수억 가지에 이른다. 문제는 대한민국의 법이 카지노에서 하는 사업 구상을 인정하지 않는다는 데 있었다. 그걸 누가 제보한 것이다.

검찰이 내사에 들어갔다. 해외 카지노 거액 도박 건이 걸렸다. 액수가 많아 구속될 사안이었다. 하필이면 담당 검사가 빡센 사람이었다. 손을 쓰지 못하고 법원으로 넘어갔다. 하필이면 그 판사 또한 대쪽이었다. 당장은 불구속 재판을 받지만 실형은 불 보듯 뻔한 일이었다.

전관예우를 시작으로 대한민국 최고의 변호사들을 알아보던 윤 회장. 대쪽 판사의 성향 앞에 만사 포기하려 할 때 빛이 내렸다. 빛의 주인공은 창규였다.

"강창규 변호사님, 나 윤여도라고 합니다."

비가 총알처럼 쏟아지다 멈춘 날, 그 전화를 받았을 때만 해도 창규는 로또에 당첨된 기분이었다. 저 유명찬란한 전관예우 변호사들을 다 제쳐두고 창규를 찾다니. 잘하면, 이 한 방으로 묵직한 스펙까지도 갖춰질 판이었다.

"드디어 일이 좀 터질 거 같아."

다음 날 아침, 창규는 아내 앞에서 목에 힘을 주고 출근을 했다. 인생에는 세 번의 기회가 온다더니 그 말이 맞는 모양이었다.

출근하자마자 창밖만 보았다. 눈알이 빠지기 직전에 윤 회장이 대리인을 보내왔다. 인상이 더러운 비서실장이었다. 그가 대뜸 물었다.

"장광일 판사랑 아는 사이죠?"

장광일?

바로 그 대쪽 판사였다.

모를 리 없다. 창규가 졸업한 로스쿨의 1기 졸업생이었다. 성격이 깐깐하기로 정평이 났다. 사건 관련자들과는, 그게 직전의 법원장 출신 변호사라 해도 차 한잔 같이 마시지 않는 사람이었다.

그러나 다행히 창규와는 잘 통했다. 로스쿨 재학 때 처음 만난 자리부터 그랬다. 당시 신임 판사였던 그. 창규가 학생 대표로 인사를 하자 친동생처럼 대해준 것이다. 윤 회장은 그걸 노리고 있었다.

"알죠."

"친합니까?"

"당연하죠?"

"친밀도 측정이 별 다섯 개 만점일 때 두 분 사이는?"

"네 개는 되리라 봅니다만……."

"확인이 가능할까요?"

그가 전화를 가리켰다. 즉석 약속을 잡아보라는 말이었다. 전화를 걸어 저녁 약속을 잡았다. 쉬운 일은 아니지만 어렵지도 않았다.

"어익후, 강 변호사님!"

실장의 태도가 180보다 조금 더 돌았다.

"아직 때를 못 만나서 그렇지 곧 포텐이 터질 분이라는 거 윤 회장님이 잘 알고 있습니다."

더러운 인상에 비해 처세는 좋았다. 더 좋은 건 의뢰비였다. 그가 말한 액수는 창규의 귀를 의심하게 만들었다.

20억!

"실형만 면하게 해주시면 현찰로 드리죠."

비서실장 목소리는 점점 달콤해졌다.

2억도 나쁘지 않을 판에 20억이라니? 20억도 나쁘지 않은데 현찰이라니? 은행 차압을 걱정하던 차에 찬란한 빛이 내린 것이다.

잠시 생각할 시간이 필요했다. 무턱대고 땡겼다간 탈이 날 수 있는 거액이었다. 그 정도 머리는 있는 창규였다.

다음 날 선배이자 담당 판사를 만난 자리에서 두 번 무릎을 꿇었다. 20억이 생기는 일이니 셀프 디스도 마다하지 않았다.

"선배님, 저 한 번만 살려주십시오."

1승 68패로 몰린 위기를 설명했다. 평소 창규의 인간성을 알고 있던 담당 판사. 기구한 후배를 위해 후배 예우(?)를 결심했다. 그다음 날 창규는 정식으로 수임 계약을 맺었다.

'법조인의 양심상 이러면 안 되지만…….'

'남들도 다 전관예우니 뭐니 하며 뒷거래하는데 뭐.'

양심은 한강다리에서 잠수시키고 수임을 받았다.

죽으란 법은 없는 것 같았다. 지난번에 궁지에 몰릴 때는 처가 쪽 상속금으로 해결이 되더니 이번에는 로또급 의뢰라니.

'내가 원래 큰물 타입인가?'

목에도 부러지기 직전까지 힘이 들어갔다.

최선을 다한다는 의미로 상호 이면 계약서도 썼다.

─계약금 10억에, 실형을 면하면 잔금 10억을 즉시 지급함.

─단, 실형을 받게 되면 변론인이 계약금으로 받은 돈의 세 배를 변상함.

윤 회장은 화끈했다. 사인이 끝나자마자 계약금이 지급되었다. 때가 살포시 묻은 5만 원권 현금 다발이었다. 어찌나 좋은지 돈다발에 키스를 했다. 돈을 책상 서랍에 쌓을 때 두둑이 눈에 들어왔다.

두둑.

아르메니아인의 이모할머니가 만들었다는 노아의 방주 피리.

팔자를 고치게 한다더니 진짜 행운을 불러온 걸까?

목에 힘을 주고 은행 대출 담당을 불렀다.

"사람 뭘로 보고 말이야……."

돈다발을 던져주었다. 늘 핏대를 올리던 담당은 비굴한 미소로 돈다발을 챙겼다.

"돈 필요하시면 언제든 제게 전화를……."

꺼져!

창규는 대리석 같은 팔뚝으로 나가는 문을 가리켰다.

대출금과 이자를 갚고, 병원비와 살림으로 쪼들리는 아내에게도 2천만 원을 안겨주었다. 이제 집행유예 판결이 나와 10억을 더 받으면 돈의 감옥에서 해방될 것 같았다.

그런데…….

끼이익!

그 행운에 급브레이크가 걸렸다. 선배 판사가 주말 바다낚시를 나갔다가 배가 뒤집혀 익사해 버린 것이다.

콰과광, 펑!

머릿속에서 대폭발이 일었다.

안드로메다가 지구와 충돌하는 패닉이었다.

2. 저승길에서 잡은 기회

윤 회장 공판은 이재명 부장판사에게 넘어갔다. 그 판사야 말로 법원을 대표하는 청빈과 소신 판결의 상징이었다. 계약금 은 이미 여기저기 틀어막느라 죄다 써버린 상황. 목숨을 부지 하고자 이 부장판사를 찾아갔지만 씨알도 먹히지 않았다.

수임의 전제 조건이던 '실형 면하기'는 물 건너간 꼴이었다.

소식을 접한 윤 회장이 비서실장을 급파했다. 변호사를 바 꿔야겠으니 10억을 토하라는 거였다. 그나마 천재지변으로 일 어난 일이니 위약금은 원치 않는다고 했다.

3일.

72시간이 주어졌다. 여기저기 발품을 팔아봤지만 3천만 원 빌리기도 어려웠다. 그걸로는 씨도 먹히지 않을 돈이었다.

윤여도!

그가 누구인가?

겉으로야 투자 회사 CEO라지만 속은 달랐다. 그는 캄보디아 진출 시, 현지 조직들이 방해를 하자 이웃나라 조직을 데려다 무려 열일곱 명을 톤레샵 호수에 수장시킨 역사를 새겼다. 그걸 진행한 게 현재의 비서실장이었다. 진짜인지 허풍인지는 모르지만 면상만 봐서는 그러고도 남을 인간이었다.

전에 300만 원 가져다주던 것도 월급이 아니라 은행 대출이었어.

당신 부모 목숨값으로 받은 보험금과 재산도 다 털어먹고 빚만 쌓였어.

결국 창규의 민낯이 다 드러날 판이었다.

순비가 말할까?

그래도 당신이 최고야라고.

어쩌면 그럴지도 모른다. 아내는 그런 여자였다. 그런데, 아내가 진짜 그렇게 말한다면 창규는 두 번 죽어도 모자랄 것만 같았다. 그러니 죽어버리는 게 백번 나은 선택이었다. 아무리 허접하대도 타이틀로는 변호사이자 한 집안의 가장. 마지막까지 지켜야 할 '가오'가 있었다.

그렇게 여기까지 밀려왔다.

바스락!

뭔가 스쳐가는 소리가 들렸다. 창규의 등골에 오싹함이 스쳐갔다. 달빛 아래 드러난 싸아한 금속 광채의 물결. 뱀이었다.

'독사?'

그거라면 최상의 대안이 될 수 있었다. 한 방 물리면 안드로메다로 가는 것이다. 벌떡 일어나 독사를 찾았다. 보이지 않았다. 주변을 돌아보다 해결책 하나를 떠올렸다.

'두둑!'

그 피리였다. 아르메니아인이 주고 간 피리.

'밤에 피리 불면 뱀이 나온다.'

어릴 때 어머니에게 들은 말이었다. 실제로 어머니가 다니던 시골 학교를 뜯어냈을 때 풍금이 있던 마루 밑에 뱀이 우글거렸다고 한다.

두둑을 꺼내 입에 물었다. 아랫배에 힘을 주고 불었다. 소리를 듣고 비서실장의 패거리들이 몰려올지도 모른다. 상관없었다. 손전등 불빛이 보이면 다른 데로 튀면 되니까.

부우웅.

소리가 났다.

우웅부웅!

다시 불어도 다르지 않았다.

우우웅 후웅.

어쩐지 사람의 근심 소리 같기도 했다.

"인간의 목소리와 가장 닮은 소리를 내는 악기예요."

아르메니아인이 한 말이다. 거짓말은 아닌 모양이었다. 지금
의 창규 마음을 제대로 우려내고 있지 않은가?

얼마나 불었을까? 피리에서 입술을 뗐다. 주변이 변해 있
었다. 거친 초목과 나무의 언덕바지가 아니라 수려한 평지가
등장한 것이다. 공간 가운데 펼쳐진 거목은 천년을 묵은 듯
고풍스러웠다.

이 산에 이런 곳도 있었나? 지도 검색에서 보지 못한 곳이
었다. 길을 헤매다 반대 방향의 공원 같은 곳으로 내려온 걸
까? 푸르게 펼쳐진 공간은 너무 아늑해 보여 데이트족을 위한
밀애 장소처럼도 보였다. 생뚱맞게도 여자 생각이 났다.

'무슨 이런 생각을······.'

고개를 흔들자 눈앞이 또 변했다. 시간이 거꾸로 흐른 걸
까? 에드바르 뭉크의 작품, '절규' 속에 들어온 듯 사방이 희붉
었다.

'복숭아꽃 살구꽃?'

창규는 그 희불그레함의 정체를 알았다. 살구꽃과 복숭아

꽃의 향연이었다. 여의도 벚꽃 축제는 본 적이 있지만, 일본 영화에서 벚꽃이 환상처럼 날리는 장면도 본 적이 있지만, 복숭아꽃 살구꽃 천지는 처음이었다.

'아!'

저절로 감탄이 나왔다.

죽은 걸까?

고통 없이 죽고 싶다던 소원이 이루어진 걸까?

지금은 찬바람이 불기 시작하는 초가을. 제아무리 이상기후라고 해도 이 계절에 복숭아꽃 살구꽃이 필 리 없다. 복숭아꽃이 피는 시기는 4월, 살구꽃도 그 언저리였다.

무릉도원의 천국?

…까지는 바라지도 않았다. 아무튼 소원대로, 아프지 않게 죽은 것 같았다. 두둑을 옆구리에 지르고 꽃을 바라보았다. 희붉게 타오르는 꽃무리 사이로 산신령이 나올까? 살구꽃은 백의, 복숭아꽃은 홍의의 저승사자가 되어 목을 움켜쥘까? 나름 착실하게 살았다고 생각하지만 확신이 서지 않았다.

옷차림을 단정히 했다. 머리카락도 매만졌다. 혼은 사자를 따라가더라도 육체는 여기 남을 것이다. 시체라도 깔끔하게 발견되고 싶었다. 창규밖에 모르는 아내와 귀염둥이 딸을 위한 조치였다.

"……"

한참을 기다려도 기적이 없었다. 그 오랜 정적의 끝을 물고서야 발밑 아래쪽이 일렁거렸다. 내려다보니 꽃이 움직이고 있었다.

꽃.

여기도 꽃, 저기도 꽃… 하늘에도 땅에도 꽃의 삶이 한가득이었다. 꽃들은 동시에 교접을 해댔다. 흰 살구꽃 무리와 복숭아꽃 무리의 아찔한 교접.

아아아아!

바람결에 야릇한 소리가 묻어왔다. 향기도 그런 쪽으로 바뀌었다. 꽃은 식물의 생식기다. 꽃들의 교접은 한마디로 에로틱한 판타스틱 그 자체였다. 여기도 클라이맥스, 저기도 클라이맥스.

창규의 몸도 덩달아 달아올랐다. 제 손으로 저를 잡고 비비고 주무른다. 스스로 주체할 수 없는 욕정의 폭주였다. 마침내 창규는 오르가즘의 절정에 도달했다.

후우!

숨을 고르자 꽃이 진을 만들기 시작했다. 놀라 뒷걸음질을 쳤다. 꽃들의 포위망 속도는 더 빨라졌다. 꽃은 더 이상 꽃이 아니었다. 화려한 꽃은 간 데 없고 회색과 검정의 두 가지 물결이 악몽을 이루고 있었다.

우어어!

아으어!

배배 꼬인 비명이 메아리로 울려왔다. 파노라마처럼 사람들이 보였다. 아는 얼굴도 있었다. 지난날 변호사 사무실들을 뒤집어놓은 빌딩 주인 마금자의 아들이었다.

가진 건 돈밖에 없는 마금자. 하나밖에 없는 아들이 실종이 되었다. 마침 아들의 오피스텔 근처에서 연쇄살인범이 잡혔다. 마금자는 그자의 소행으로 생각했다. 하지만 경찰 수사에서 단서가 나오지 않았다.

마금자는 자신이 임대한 변호사 사무실에 현상금을 걸었다. 무능한 경찰을 대신해 아들의 사건을 알아봐 주면 거액을 사례한다는 것. 잘나가는 3층의 1호, 2호실 변호사들이 나서서 연쇄살인범을 접견했지만 행적은 나오지 않았다. 그런데 그 아들이 여기서 보인 것이다.

헛것이다.

창규는 고개를 저었다.

'대체 꿈이야, 환각이야?'

생각하는 사이에 싸아한 소리가 밀려 나왔다.

"꽃들의 교접에 맛이 갔구나. 거시기를 육시를 하고도 모자랄 놈."

자웅을 합친 듯 신이한 음성이었다.

"……!"

창규는 피가 응고되는 것 같았다.

"네놈도 살면서 꿀깨 좀 제대로 볶다 온 게냐?"

꿀깨?

창규가 고개를 들었다. 그러자 칼바람 같은 것이 따귀를 후려쳤다. 흡사 가시 채찍에 맞은 느낌이었다.

"이놈이 어디서 발딱질이냐?"

이번에는 반대편 뺨에 불이 났다. 소리는 조금 전의 것과 달랐다.

"제가 죽은 건가요?"

창규가 허공에 대고 물었다.

"절반은 그렇다."

다시 하나로 들리는 두 겹 목소리의 음산함……

"무슨 상황인지는 잘 모르지만 저, 그렇게 깨소금 맛으로 살다 온 건 아닙니다. 남들이 선망한다는 '사' 자 돌림의 변호사가 되긴 했지만 최악이었죠. 지자체 6급 법무직 공채도 못붙어 월급도 없이 수습을 받다가 어찌어찌 처갓집 장인 장모 목숨값 유산으로 개업했는데 소송에서 연전연패… 결국에는 빚만 산더미로 쌓여 죽을 지경에 이르렀으니 알고 보면 저도 개똥수저입니다."

"이놈아. 여자하고 꿀 빨고 깨소금 볶는 금슬 말이지 누가 네 인생살이 말했더냐."

어둠 속에서 불호령이 떨어졌다.

"……?"

금슬?

금수저도 아니고 금슬이라고?

"꿀깨의 달달한 기름이 세 종지나 나온 놈은 최근 들어 네가 유일하다. 기름이 아주 호수를 이루는구나?"

"저 정도면 호수라기보다 강물급이죠."

허공에서 질 낮은 소리가 끼어들었다.

"최근의 최고 기록은 얼마였더냐?"

"두 종지 반이었죠."

"그 인간들은 어떻게 처리했지?"

"남자는 거세해서 귀석(鬼石) 맷돌로 갈고, 여자는 교접 도구로 쓰이던 부분을 분해해 신목(神木)의 영양제로 주었습니다."

"그래도 영양제는 부족하지?"

"당연하지요. 일단 거세부터 해서 알뜰하게 갈아보겠습니다."

"예?"

거 무슨 세?

듣고 있던 창규가 고개를 들었다.

"이런 놈들 때문에 우리 혼귀국 정서가 안정되지 않았던 겁니다. 신목이 자꾸 고사되는 것도 그렇고……."

"이봐요. 대체 무슨 말씀들인지……."

"지금껏 꿀깨 냄새 제대로 피웠으니 너도 독수공방 외로이 살다 죽은 독신들을 위해 대가를 치러야 할 거 아니냐?"

음산한 목소리는 여전히 이중으로 들렸다.

"부부 금슬이 좋은 게 대체 무슨 대죄라고… 우리나라 헌법과 법률 어디에도 그런 걸 징치하는 조항은 없습니다."

"이놈이 째진 주둥이라고 함부로 짖어대는구나. 여기 혼귀국에는 우리만의 법이 따로 있다."

목소리를 따라 허공에 법 조항이 펼쳐졌다.

혼귀국(獨鬼國: 독귀국) 헌법

제1조. 고고하게 혼자 살다 죽은 생명을 혼귀라 칭한다. 혼자라 함은 자의와 타의를 막론한다.

제2조. 혼귀는 혈연, 지연, 학연, 인연, 소개팅, 헌팅, 운명, 전생연을 망라해 모든, 짝을 이루었거나 이룬 생명을 저주할 권리를 가진다.

제3조. 이론의 여지가 있는 혼귀의 자격에 대해서는 혼귀국의 개별법에 의거해 정한다.

제4조. 혼귀의 영토는 어둠이 내린 모든 영역으로 한다.

제5조. 혼귀는 심야에 활동의 자유를 가지며 지상에서 천생연분, 천상배필, 닭살커플 등의 단어가 멸종될 때까지 광분할 권리

를 가진다.

"……?"

창규의 미간이 확 일그러졌다. 혼귀 헌법?

대한민국 헌법은 달달 외고 있다.

제1조

① 대한민국은 민주공화국이다.

② 대한민국의 주권은 국민에게 있고, 모든 권력은 국민으로부터 나온다.

민법도 그렇지만 혼귀총법은 난생처음……. 유사 이래 변호사 시험에도 언급된 적이 없었다.

"제2조에 따르면 이는 우리 혼귀들의 당연한 권리이자 의무다. 네놈들의 애정 과시 만행은 우리에게 있어 테러이자 행복 침해죄에 속한다."

제2조. 저주의 권리. 혼귀들의 한이 엿보이는 조항이었다.

"궤변입니다. 암수가 짝을 이룸은 법에 앞서 자연과 우주의 법칙에도 부합하는 것으로……."

창규가 항변했다.

"닥쳐라. 하늘의 점지와 운명을 빙자한 커플들이 애정 행각에 낭비한 시간이 얼마인 줄 아느냐? 본시 동물이란 종족 보존을 위해서만 교접하면 될 것을 너희 깨 쏟는 놈들은 만난 기념일에 동침, 결혼기념일에 동침, 1,000일 기념일에 동침, 기분이 좋아 동침, 밥 먹다가도 동침… 그 때문에 독신자들이 얼마나 많은 정신적 고통을 받고 얼마나 눈꼴이 시고 배알이 뒤틀렸는지 알기나 하느냔 말이다."

"저기요……."

"우리 독신자 혼귀들은 그런 분별없는 애정의 확산을 막기 위해 대승적 차원에서 이 결계를 만들었다. 이들 중에는 100년 가까이 혼밥에 혼술에 혼영에 혼여를 하며 모태 독신으로 산 신성한 멤버도 많다. 아니, 혼여는 아니구나."

"예?"

"혼여 말이다. 혼자 여행. 너희 놈들이 전부 커플로 움직이니까 우리가 혼자 가면 행여 사랑에 실패해 자살이라도 하러 온 줄 알고 눈치를 보며 방을 안 준단 말이다."

"혼귀라면… 그럼 당신들이 전부 장가 못 가고 시집 못 가고 죽은 귀신들?"

"이놈아, 못 갔는지 안 갔는지 어찌 속단하느냐?"

호통과 함께 한기가 몰아쳤다. 그들의 자격지심을 건드린 모양이었다.

"……."

"애정을 빙자해 육욕이나 채우려 들어온 발정 남녀들은 혼찌검을 내주고 봐주기도 했다만 네놈은 안 되겠다. 너 같은 놈이야말로 우리 혼귀들의 주적이니까."

성난 소리와 함께 창규가 홀쩍 솟구쳤다. 몸이 허공에서 큰 대자 형상으로 정지했다. 몸은 분명 허공인데 꼼짝도 할 수 없었다.

"잘라라, 썰어라, 갈아라!"

싸아한 저주와 함께 흑백의 두 혼귀가 모습을 드러냈다. 그들 주변에는 쓸쓸한 아우라가 회오리를 치고 있었다.

"잠깐, 잠깐만요. 할 말이 있습니다."

창규가 절규를 토했다. 죽는 건 좋았다. 그런데 이렇게 죽고 싶지는 않았다. 거세라니? 이런 꼴로 죽으면 아내가 오해를 할 수도 있었다. 이는 미필적 고의에 의한 방임에 속했다.

"뭐냐?"

"변론할 기회를 주세요. 여기도 법이 있다면서요?"

"있지."

"그러니까 변론의 기회를……."

"뭘 말하고 싶은데?"

"사형 제도는 사문화 규정이 되었지만 정 죽여야 한다면 인간답게 죽게 해주세요. 그냥 고이 죽여달라고요."

"못 하겠다면?"

"말도 안 됩니다. 법치국가는 인간의 인격을 존중할 의무가 있습니다. 정식 재판에 회부해서 다뤄줄 것을 요청합니다."

"미안하지만 여기가 법정이거든."

"예?"

"그러니까 유구무언(有口無言), 변호사쯤 해먹었다니 사자성 어 알지? 있을 유, 입구, 없을 무, 말씀 언. 입이 있으되 나불대 지 마라!"

집행은 가차 없이 시행되었다. 칼날 같은 바람이 창규의 사 타구리를 향해 폭풍처럼 몰아친 것이다.

젠장!

전시의 군사 법정도 아닌데 즉결심판이라니…….

거시기도 없이 죽게 되다니…….

이 꼴로 시체가 발견되면?

응?

절망하던 창규의 눈빛이 벼락처럼 멈췄다. 칼바람은 요란했 지만 아무 일도 일어나지 않은 것이다.

"……?"

"……?"

혼귀의 감정과 창규의 감정이 묘한 곳에서 일치했다. 공통 점은 당혹감이었다.

"왜 이러는 거냐?"

흑백 혼귀의 목소리가 동시에 올라갔다.

"다시 집행하겠습니다."

흑백 혼귀 옆에서 회색 혼귀가 대답했다. 한 번 더 칼바람 회오리가 요란하게 몰아쳤다. 이번에는 더욱 강력한 위세였다.

"……?"

"……?"

이번에도 두 감정의 충돌은 비슷했다. 흑백 쌍혼귀의 생각은 '대체 왜?'였고 창규의 생각은 '내가 뭘?'이었다. 흑백 혼귀들이 흥분했는지 거센 아귀로 창규를 쥐었다. 엿가락처럼 늘어난 손아귀에 잡힌 창규는 알루미늄 호일처럼 구겨졌다.

그때 창규 허리춤에서 두둑이 드러났다. 그때까지 조용하던 두둑은 세상을 얼려 버릴 듯 새파란 한기를 뿜어냈다.

"윽!"

흑백 혼귀가 물러섰다.

"이것 때문이구나?"

흑색 혼귀도 웅얼거렸다. 귀를 찢을 듯하던 목소리가 살짝 흔들리고 있었다.

"그, 그런 것 같습니다."

회색 혼귀 역시 긴장된 모습이었다.

"이게 네 것이냐?"

흑색 혼귀가 두둑을 보며 물었다.

"예."

"정말이냐?"

"예……."

"거짓말. 너처럼 꿀깨 볶는 놈이 어찌 숭고한 혼귀의 한이 서린 악기를… 문양을 보니 이걸 만든 사람은 평생 외로움과 고독을 양식으로 살다 성스러운 고혼이 되었을 것을……."

귀신들.

피리의 내력을 귀신(?)처럼 맞췄다.

아르메니아인의 말을 엿듣기라도 한 것 같았다.

"실은 사정이 딱한 외국인의 소송을 도와주고 받은 겁니다."

"외국인?"

"아르메니아인입니다. 그의 이모할머니가 노아의 방주가 멈춘 아라라트 산에서 별코두더지 어쩌고의 배설물로 발아된 살구나무로 만든 피리라고……."

"……."

"……."

흑색의 혼귀가 백색 혼귀를 바라보았다. 둘은 두둑의 한기에 밀리며 몸서리를 쳤다.

"불어보아라."

얼마가 지나자 백색 혼귀가 입을 열었다. 짜릿한 음파의 목소리였다.

"예?"

"불어보라지 않느냐? 보아하니 누구나 불 수 없는 신물(神物). 네 것이라면 소리가 날 터."

"백색 혼귀의 소리가 허공을 찢을 듯 울렸다. 눈을 보니 날선 작두라도 튀어나올 듯한 기세. 별수 없이 두둑을 불었다.

뚜후우우, 뚜우우후!

소리가 나왔다. 창규의 마음을 닮은 애달픔이었다. 소리가 닿은 허공이 저절로 꿀럭거렸다.

"이거……."

"그러게요."

"역시……."

"그런 거 같은데요."

"허어……."

"어쩐다죠?"

"운 좋은 놈이군."

흑백 쌍혼귀가 의견을 나누었다. 뭔가 뜻대로 되지 않는 눈치였다.

"너……."

토론이 끝나자 흑색 혼귀가 창규에게 물었다.

"예."

"왜 여기 온 것이냐?"

"그게……"

"사실대로 말해야 할 것이다."

흑색 혼귀가 파리하게 흔들렸다. 그러자 그의 실체가 선명하게 드러났다. 고독과 쓸쓸함을 표면에 두른 눈은 죽음의 바다처럼 지향이 없었다.

절망과 허무!

은둔과 고독!

그의 형체에서 느껴지는 감정은 하나였다. 공포에 질린 창규는 시선을 피했다.

"묻지 않느냐? 어떤 목적으로 여길 왔냐고? 보아하니 네가 걸려들 상황이 아닌 것 같다만."

"그게……"

창규는 솔직하게 말했다. 아무래도 당장 찢어 죽이지는 않을 모양. 혼귀를 속여 득이 될 일도 없었다.

"귀신 먹는 법을 배우려고 산 위 암자의 걸신 스님을 만나러 왔다가 그가 입적하는 통에 채무자에게 쫓기다 피리로 독사를 불렀는데 여기였다?"

"예."

"이제 보니 그 피리가 결계의 문을 열었구나. 어쩐지……."

"……."

"아무튼 복잡하게 되었구나. 우리 결계가 너를 낳은 건 아니다만 너 자체는 혼귀들의 원수덩어리. 그러나 너를 보호하는 그 피리에는 우리 신력보다 높은 무언가가 서렸으니……."

"……."

"기름의 양이 문제입니다. 자그마치 세 종지… 규칙 2조에 따르면… 결계에 걸린 자 중 깨 기름의 양이 한 종지를 넘으면 이유 여하를 막론하고 상징물을 갈아 신목의 영양제로 삼는다."

관망하던 회색 혼귀가 규칙을 들이대며 주의를 환기시켰다.

"무조건 갈아 죽여야 하는구나."

"이봐요."

창규가 소리쳤다.

"뭐냐?"

흑백(黑白) 혼귀가 동시에 쏘아보았다. 피하지 않았다. 죽을 결심을 한 창규였다. 그래서 독사를 부르고 있었다. 그러다 만난 혼귀들. 당혹감에 망각했지만 목적하던 귀신을 만난 것이다.

귀신!

말도 안 되는 견귀방 비법을 기대하던 창규였다. 최후의 희망으로 만나려던 걸신 스님이었다. 그 목적은 무엇? 귀신을 만나는 것이었다. 되돌아보면, 귀신을 미리 만났다면 죽을 생각을 하지 않아도 되었다는 얘기였다.

다행히 여기도 법과 규칙이 있었다. 창규는 변호사. 어쩌면 이게 귀신을 먹을 기회가 될 수도 있다고 생각했다. 그렇다면 두드리고 싶었다. 인생에 주어진 마지막 찬스를 포기하고 싶지는 않았다.

"규칙은 중요하지만 이곳의 법은 당신들이 좌우한다고 하지 않았습니까?"

"그랬지."

"조문화되어 있습니까?"

"무엇 때문에? 필요할 때 내가 정하면 그만이거늘."

"그렇다면 불문법이군요?"

"뭐 그렇다고도……."

"그렇다면 당신들은 나를 해칠 수 없습니다."

독한 마음으로 승부수를 띄웠다.

"뭐라?"

"조금 전에 말하지 않았습니까? 이 피리의 신력이 그쪽 혼귀의 능력을 넘고 있다고?"

"그래서?"

"당신들은 피리의 뜻을 거역하면 안 됩니다. 그건 당신의 능력 밖의 일이니 곧 상위법으로 볼 수 있는 것. 하위법으로 상위법을 위배하는 일은 불법입니다."

"뭐라?"

"지금까지를 종합해 보면 저는 오늘 혼귀국 혼귀들의 처벌 대상으로 끌려온 게 아니고 우발적으로 온 겁니다. 그렇죠?"

"그, 그건……."

"그렇다, 아니다라고만 말씀해 주시면 고맙겠습니다."

"그, 그렇다."

흑색 혼귀가 대답했다.

"게다가 당신들의 처벌법은 내게 통하지 않았습니다. 그렇죠?"

"그, 그렇다."

"그렇다면 저를 풀어주는 게 순리에 맞지 않습니까?"

"그렇지 않다."

"왜죠?"

"네 말이 일부는 맞다만 궁극적으로 너는 우리 혼귀들의 징벌 대상에서 벗어나지 않기 때문이다."

"하지만 당신들은……."

창규가 두둑을 들어 보였다. 그러자 세 혼귀가 흠칫거렸다. 그들은 피리를 경외시하는 게 틀림없었다.

"이 피리가 있는 한 나를 처벌할 수 없습니다."

"그래서 고민하는 것이다. 너를 어떻게 처리할지……."

"예외는 없습니까? 모든 법에는 예외 조항이라는 게 있습니다만……."

"네가 우리에게 이익이 된다면 예외로 처리할 수 있기는 하다."

"그렇다면 제가 이익이 되는지를 법률적 차원에서 검토해 줄 것을 요청합니다."

"법률적 차원?"

"예, 불문법이 있다니 법치국가가 아닙니까?"

"끙."

신음을 토한 흑색 혼귀가 백색 혼귀와 머리를 맞댔다. 시간은 오래 걸렸다. 그러다 백색 혼귀가 귀엣말을 건넸다. 고개를 끄덕인 흑색 혼귀가 창규 앞으로 날아왔다.

"너, 피리를 지닌 인간!"

"예."

"네 직업이 변호사라고?"

"예, 자격증 있습니다."

"그럼 이혼이나 파혼소송도 맡을 수 있겠구나?"

"당연하지요."

"그렇다면 우리가 찜하는 인간들을 이혼시키거라. 그건 혼귀국의 건국이념에 부합하는 일이니……."

"이혼이라고요?"

"찰떡궁합이니 천상배필이니 하며 잉꼬 커플임을 자랑하는 눈꼴신 것들의 인연을 쫙쫙 찢으란 말이다."

"……."

"할 수 있겠느냐?"

"무조건 말입니까?"

"그렇다. 닥치고 이혼!"

"그건 못 합니다."

"뭐라고?"

"무늬만 잉꼬부부거나 남들 앞에서 위장 잉꼬부부인 체하는 위선자들이라면 모를까 진짜 화목한 부부를 어떻게 무데뽀로……."

"아니면 네가 죽는다 해도?"

"그래도 못합니다. 남의 눈에 눈물 나게 하면 내 눈에 피눈물 난다는 말 모르십니까?"

창규가 고개를 저었다.

위기를 기회로 삼고 싶은 마음은 있었다. 남들 앞에서만 잉꼬인 척하고 집에서는 남남인 경우라면 기꺼이 받아들일 수도 있었다. 하지만 나 살자고 인륜을 깰 수는 없었다. 그렇게 해서 연명하고, 떼돈을 번다고 해도 딸 승하에게 떳떳할 수 있을 것 같지 않았다.

"그러니까 진짜 천상배필은 이혼을 못 시키겠다?"

"예."

"가련한 놈. 지상에 진짜 천상배필이 어디 있단 말이냐? 겉으로는 죽고 못 사는 닭살 커플 같지만 돌아서면 다 한눈팔게 마련. 지상의 인간치고 평생 다른 이성에게 눈길 주지 않고 일부종사(一夫從事), 일부종사(一婦從事)만 하는 사람은 이미 멸종되었느니라."

"그걸 보장하는 커플이나 부부라면 얼마든지 찢을 수 있습니다."

"흐음, 이제야 귓구멍이 좀 뚫린 모양이구나."

"하지만 몇 가지 문제가 있습니다."

"몇 가지씩이나?"

"두 분의 제안을 검토해 보니 저와 혼귀국 양자에 이득이 되는 일인 건 틀림없지만 원하시는 이혼소송마다 성공하려면 저를 승소머신으로 만들어주셔야 합니다."

"승소머신?"

"이혼소송에서 제가 이길 수 있는 힘 말입니다."

"뭘 원하는 거냐?"

"죄송하지만… 귀신 둘을 먹게 해주시면……."

"귀신 둘?"

"저 위에 계시던 걸신 스님께서 하신 말씀이라고 합니다. 저는 팔자상 귀신을 먹어야 대성한다고."

"귀신을 먹다니? 듣는 귀신 불편하구나."

흑백 혼귀가 합창을 했다.

"죄송합니다. 제가 한 말이 아니라 걸신 스님이……."

"걸신 스님이라… 기다려 보거라. 네 말을 인증해 볼 터이니."

흑색 혼귀가 손을 들었다. 그러자 붉은 기운을 타고 혼귀 하나가 날아왔다. 온몸의 포인트마다 점이 찍힌 혼귀였다.

"조선 땅에서 신묘한 관상을 보던 관상가였다. 평생을 혼자 살다 우리 혼귀국의 창립 멤버가 되었으니 네 속내를 살필 수 있을 것이다."

흑색 혼귀의 말과 함께 붉은 혼귀가 움직였다. 그는 창규의 얼굴을 휘돌며 관상 포인트를 살폈다. 관록궁, 복덕궁, 명궁, 천이궁, 전택궁, 재백궁… 그러다 눈앞에 멈춰 점괘를 내놓았다.

"이자의 말이 맞습니다. 특이하게 신들의 세상과 통하는 운명을 타고났으니 귀신 하나를 먹으면 소박이오, 쌍귀를 먹으며 대박이 날 운명입니다."

붉은 혼귀의 말은 걸신 스님과 통하고 있었다.

"그가 어찌 보면 우리 혼귀와도 통할 운이다?"

"그렇습니다."

"알겠다. 물러가거라."

흑색 혼귀가 명하자 붉은 혼귀는 연기처럼 사라져 버렸다.

"좋다. 운명 혼귀의 점괘가 저렇다니 네게 어울리는 귀신 단지 둘을 먹을 수 있는 권리를 허락하겠다. 대신 온 힘을 다하여 우리가 의뢰하는 커플들의 이혼과 파혼에 힘써야 할 것이다."

"그렇게만 해주신다면야……."

창규는 조심스레 숨을 골랐다. 다시 생각해도 기막힌 딜이었다. 백척간두 위라고 덥석 물었다면 아내와 승하 볼 낯이 없을 일이었다.

"만혼 단지의 관리 혼귀여."

흑색 혼귀가 허공에 두 팔을 휘저었다. 허공에서 공간이 열리더니 검은 무지개를 탄 혼귀가 튀어나왔다. 무지개 위에는 셀 수도 없는 단지들이 보였다. 신이한 빛을 튕겨내는 단지들. 그 빛은 하나하나 다르게 보였다.

"부르셨습니까?"

단지 관리귀가 공손하게 말했다.

"이자가 귀신 둘을 원한다. 우리 혼귀국 국격에 득이 되려는 자이니 귀궁(鬼宮)이 맞는 단지가 있는지 보여주거라."

"알겠습니다."

명을 받은 관리귀의 시선이 창규를 향했다.

"이 단지에는 재귀(財鬼), 병귀(病鬼), 악귀(惡鬼), 부귀(富鬼), 재귀(罪鬼), 권귀(權鬼), 살귀(殺鬼), 요귀(妖鬼), 악귀(樂鬼), 재귀(才

鬼), 예귀(藝鬼), 상귀(商鬼), 의귀(醫鬼), 관귀(官鬼), 수귀(數鬼), 학귀(學鬼), 식귀(食鬼), 간귀(奸鬼), 미귀(美鬼), 宅鬼(택귀), 토귀(土鬼), 석귀(石鬼), 목귀(木鬼), 화귀(花鬼), 수귀(水鬼), 화귀(火鬼) 등 인간세상 삼라만상의 모든 재주를 계열화시킨 혼귀를 단계별로 담은 단지들이다. 어떤 단지의 혼귀가 너를 원하는지 살펴보도록 하여라."

관리귀의 외침은 추상처럼 시렸다. 동시에 창규의 시력이 확 맑아졌다. 단지 안의 내용이 투명하게 들여다보였다.

"……!"

하나하나 시선을 옮겨가던 창규는 벌어진 입을 막아버렸다.

이럴 수가?

단지 안에는 어마무시한 능력들이 들어 있었다.

직접 보고도 믿기지 않는 사실.

정말, 이럴 수가였다.

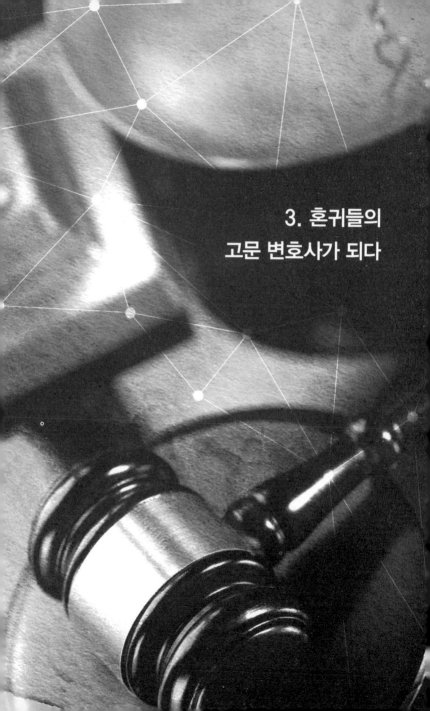

3. 혼귀들의
고문 변호사가 되다

　단지마다 가득 담긴 초대박급 재능과 능력들. 학문이나 의술은 물론, 머리가 좋아질 수도, 이재의 달인이 될 수도, 지상의 모든 여자를 꼬실 수 있는 바람둥이의 능력까지 다양했다.

　나쁜 쪽도 있었다.

　사기의 달인, 살인의 명수까지도 될 수 있는 것이다.

　호기심은 요귀(妖鬼) 단지 앞에서 끓어올랐다. 옆에만 서도 야릇해지는 단어. 저 단지를 간택하면 매력남이 되어 지상의 여자들을 다 홀릴 수 있는 것인가?

　정신 차려!

창규가 문득 고개를 저었다. 이 판국에 카사노바를 꿈꾼다면 말발로 설득한 혼귀들의 노여움이 다시 몰아칠 일이었다.

'재물의 귀신?'

'권력의 귀신?'

창규는 안전빵을 노렸다. 돈과 권력이면 못 할 게 뭐가 있을까? 창규 마음을 읽은 관리귀가 턱짓을 했다. 시험해 보라는 의미였다.

"......!"

떨리는 몸으로 재귀(財鬼) 단지에 한 발을 올렸다. 꺼지지 않았다.

빙고.

내 인생 비로소 돈 걱정 안 하게 되나 보다. 돈 팍팍 벌고, 전관예우 빵빵한 변호사 두어 명 월변으로 고용하면 간단하지. 그 생각이 끝나기도 전에 단지가 꺼지면서 나동그라졌다.

권귀(權鬼)의 단지도, 관귀(官鬼)와 학귀(學鬼) 단지도 다르지 않았다. 속된 말로 뺀찌를 맞은 것이다.

'젠장!'

귀신이네.

체면만 한풀 구겼다.

"......!"

신중해진 창규의 걸음이 세트를 이룬 쌍단지 앞에서 멈췄다. 그 단지에 쓰인 이름은 식귀(食鬼)1과 식귀2였다. 식귀 시리즈의 혼 단지. 먹다 죽은 그, '때깔 고운' 귀신들인가? 그렇잖아도 요리 좀 하는 창규. 이름에 끌려 안을 들여다보았다. 안에 보여지는 식귀의 능력은 겉의 이름과는 사뭇 달랐다.

—식귀1.

인간이나 동물, 식물의 생체적 육체 유지로써의 섭취물, 즉 먹거리를 총괄한다. 예를 들면 육류, 곡류, 어류, 채소류, 과일류, 식음용류, 기타 약이나 특별한 기호로써의 먹거리를 포함한다.

—식귀2.

인간의 정신 활동으로서의 먹는다는 것을 총괄한다. 예를 들면 돈을 먹는다, 여자를 먹는다, 뇌물을 먹는다, 욕을 먹는다, 칭찬을 먹는다를 들 수 있다.

섭취라면 먹는 것의 통칭. 쉽게 생각하면 먹방이다. 그게 이혼소송이나 파혼소송과 무슨 상관이 있을까? 인간적인 관점에서는 당연히 없다. 그런데 단지의 관점에서 보면 달랐다. 아주 달랐다.

특히, 식귀2의 능력에는 상상 이상의 것들이 들어 있었다. 식욕 관점의 섭취가 아니라 '욕', '여자', '남자', '친구', '사직', '합격', '당선' 등등의 추상적 의미의 먹방 히스토리까지 망라한 것이다.

―나 욕 먹었어.

―나 1등 먹었어.

―나 여친 먹었어.

―나 뇌물 먹었어.

―나 챔피언 먹었어.

우리가 일상에서 쓰는 먹었다는 표현의 범주에 드는 모든 것이 그 안에 있었다. 조금 잡다하기는 하지만 이혼소송 실전에는 딱인 능력이었다. 특히 '여친 먹었어'와 '뇌물 먹었어'라는 말이 그랬다. 이런 걸 디테일하게 알 수 있다면 소송에 절대 유리할 수 있었다.

"확인해 볼 수 있을까요?"

"당연히."

관리귀는 화끈했다. 창규가 조심스레 발을 올렸다.

"……!"

두 발 다 올라가도 무너지지 않았다. 단지의 귀신이 창규를 허락한 것이다. 동시에 그 안에 담겨진 오만 가지 재주들이 실물로 보여졌다. 마지막으로 스쳐간 올챙이에서 입이 쩌억 벌어졌다.

올챙이치고는 날씬했다. 꼬리가 무지하게 길었다. 본 적이 있었다. 법원에서 불륜 관계의 증거로 제시되었던 정액. 그 안에서 씩씩하게 부유하던 정자의 사진.

'히익?'

골똘하던 창규가 소스라쳤다. 그러지 않을 수 없었다. 정액을 먹은 것이다. 불가능하지 않았다. 사랑하면, 그럴 수도 있다. 그러고 보니 그 옆에 있는 건 음액이었다.

맙소사.

창규의 심장이 발딱 뒤집혔다. 진짜 못 살겠다. 인간은 몬도가네라더니 별걸 다 먹는구나. 그리고 이 식귀들, 별걸 다 기록하고 있구나.

아아!

창규의 의식이 한 번 더 몸서리를 쳤다. 손에 닿은 여자의 형상 때문이었다. 그건 수만 혼귀 중의 하나가 생전에 '관계'한, 그러나 식귀2의 관점에서는 '먹은' 여자였다. 당연히 식인이 아니라 수컷들의 상투적인 표현이었다.

—걔, 내가 먹었어.

조금 천박하지만, 남자라면 다 아는 은어.

여자를 짚으니 첫 키스 장면이 나왔다. 키스 때 침을 먹었던 것이다. 이어 관계 장면이 나왔다. 남자가 여자의 샘물로 들어가 꿀꺽한 것이다. 그때마다의 과정이 적나라하게 보여졌다. 그냥 마구잡이 랜덤 나열이 아니라 규칙이 있었다. 분류가 가능한 것이다.

이를 테면 카테고리 개념에 가까웠다. 큰 분류 안에 작은 분류. 디렉토리, 폴더, 파일로 연결되는 개념이다. 그것들은 주제와 시간에 따라 나뉘는 것도 모이는 것도 가능했다.

[닭] 하면, 닭을 재료로 먹은 음식들이 좌라락 집합하고.

[오 년 전] 하면 그해의 음식들, [1년 전 3월 3일] 하면 그 날 섭취한 음식들이 줄을 서는 것이다. 대박인 건 그저 음식만 볼 수 있는 게 아니었다. 그 음식을 짚어내면 먹은 장소, 같이 먹은 사람, 먹은 분위기, 심지어 대화까지 알 수 있었다.

게다가 익숙한 카테고리 방식.

'갓갓갓, 오 마이 갓.'

두 식귀의 매력을 확인한 창규는 말을 잃었다. 이보다 좋을 수 없었다.

이혼.

그 소송은 남녀 관계다. 재산이나 성격차이도 많지만 기본적으로 남녀가 바탕이다. 그러니 그 원천 과정을 알 수 있다면 꽁 먹을 일이었다. 세상에 남녀 관계 비밀 하나쯤 없는 사람이 어디 있을까? 그러나 모든 남녀는 사실, 기본적으로 파트너의 이성을 싫어하게끔 세팅되어 있었다.

그런데…….

식귀의 능력이라면 이성의 존재, 교제, 만남의 횟수며 섹스의 횟수까지도 알 수 있는 것이다.

─식귀2 당첨.

결심이 섰다.

"식귀2를 택하고 나머지는 좀 더 찾아보겠습니다."

"이미 결정되었다."

관리귀가 말을 잘랐다.

"예?"

"그 단지귀들이 너를 허락했지 않느냐? 보아하니 네 성품이 요리에 친화적이었던 모양. 내 단지들은 지조가 있으니 다른 단지를 시험할 수 없다."

―식귀1, 2 한 쌍 강제 배정.

땅땅땅!

단지귀의 판결은 번복되지 않았다.

'젠장!'

어쩌면 이 또한 운명 같았다. 노아의 방주에 실린 것도 한 쌍씩이었다. 식귀도 둘이 한 쌍이니 제대로 연관되는 일이었다.

"이제 이걸 뽑거라."

지켜보던 흑색 혼귀가 점괘 통을 내밀었다. 벼락 맞은 은행나무로 만들어진 통 안에는 점괘용 두루마리가 가득했다.

"뭐죠?"

"가이드라인을 정해야 하지 않겠느냐? 네가 나가서 행할 이혼소송의 횟수를 정하는 것이다. 한두 명 이혼시키고 룰루랄

라거리면 대책 없지."

"상호 협의도 없이 이렇게 일방적으로 정한단 말입니까?"

"네 운에 따라 정해지지 않겠느냐?"

"……"

"이만하면 우리도 많이 양보한 것. 싫다면 변론 건은 무효로 하고 다른 처리 방법을 알아보겠다."

"뽑겠습니다."

선택의 여지가 없었다. 수많은 두루마리 중에서 가운데 것을 잡았다. 펼쳐보니 안에 쓰여진 숫자는 444였다.

'444?'

숫자부터 뭔가 재수 옴 붙는 느낌이 왔다.

"이 정도면 될까요?"

흑색 혼귀가 백색 혼귀를 바라보았다.

"좀 아쉽기는 한데 행운의 숫자를 뽑았으니……"

백색 혼귀가 입맛을 다셨다.

하긴 그런 것 같았다. 창규에게는 재수 없는 죽을 사(死) 자지만 혼귀들의 입장에서는 행운일 수 있었다.

그런데 알고 보니 444는 창규에게도 행운이었다. 다른 두루마기에는 1,000, 3,000, 4,444, 10,000 등의 어마무시한 숫자가 적혔던 것이다.

"우리 왕신여제께서 동의하셨으니 수임 건수는 444건으로 정한다. 너는 우리가 지목하는 444쌍의 가증스러운 커플을 이혼시켜야 할 것이다."

"444쌍 이혼이라고요?"

"그렇다."

"그럼 다른 소송이나 변론은 하면 안 됩니까?"

"그건 네 자유다."

"다른 소송에도 두 식귀의 능력을 이용할 수 있습니까?"

"한 쌍의 지명 의뢰를 성공할 때마다 다른 소송 한 건에 대해 능력 사용을 허락한다."

"······."

"참고로 두 식귀의 능력은 손 없는 날에는 사용할 수 없다."

"손 없는 날이라면?"

"음력으로 매 9일과 10일 말이다. 9, 10, 19, 20, 29, 30······. 그날은 귀신도 휴일이거든. 인간도 토요일과 일요일은 쉬지 않느냐?"

"······."

할 말이 없었다. 그나마 열흘에 이틀인 게 다행이었다.

"444쌍을 갈라놓으면 두 귀신의 능력은 어떻게 되는 겁니까?"

"그때부터는 영원히 네 것이다. 역시 손 없는 날을 제외하고는."

"그건 마음에 드는군요."

창규가 고개를 끄덕였다.

"눈을 부릅뜨고 입을 벌리거라. 식귀의 능력은 신안(神眼)과 신구(神口)로써 안겨줄 터이니 네 안에 휘돌아 신통안(神通眼)이 되리라."

흑색 혼귀가 말했다. 창규가 시키는 대로 하자 두 식귀가 허공으로 솟았다. 단지 안에서 불기둥과 얼음폭풍의 형상이 쏟아져 나왔다.

후웅!

불덩이와 얼음덩이. 모든 것을 태우고 얼려 버릴 듯한 기세가 창규의 눈과 입을 향해 날아왔다.

피가 뒤바뀌는 고통.

참자.

밥통이 뒤집히는 고통.

참아야 하느니라.

忍, 忍, 忍!

창규는 참을 인 자를 그렸다.

얼마나 지났을까? 정수리와 새끼발가락에 모였던 힘이 쪽 빨리는 것을 끝으로 고통이 엷어지기 시작했다. 창규가 눈을 떴다.

"다 된 건가요?"

"물론."

"어떻게 확인하죠?"

"보거라."

관리귀가 손을 휘젓자 허공에 글자가 나타났다. '식귀 사용법'이었다.

1) 생체 유지로써의 식귀1—카테고리 활용법.

원하는 카테고리를 택한다. 열고 들어가 디렉토리를 본다. 육류 중에서 '치킨'을 알고 싶다면 아래의 과정을 거치면 상세한 섭취정보를 얻을 수 있다. 정보의 유효기간은 없으나 오랜 시간이 경과한 정보는 퇴색하는 걸 원칙으로 한다. 단, 사람에 따라 섭취한 경력이 없는 먹거리는 예외로 한다.

[육류 카테고리—치킨 디렉토리—장소별, 날짜별, 장면별 폴더]—감정별, 목적별, 결과별 파일.

2) 정신 활동으로서의 식귀2—카테고리 활용법.

식귀1과 같다. 원하는 카테고리를 골라 열고 들어가면 해당되는 상세한 정보를 얻을 수 있다. 여기서는 이성을 예로 보인다.

[이성 카테고리—여자 디렉토리—애인, 친구, 남자 사람 친구 폴더]—개별 관계 파일.

기가 막혔다.

아까 맛보기로 본 것이 구체적으로 펼쳐진 것이다. 그건 최신 핸드폰 화면 이상으로 생생한 영상이었다. 한 인간의 먹은 것에 대한 고찰과 정보. 슈퍼컴퓨터나 24시간 감시용 CCTV, DNA의 풀코스 분석 같은 것으로도 알 수 없는 내용이었다.

섭취물과 관련해 기록된 내용은 디렉토리 개념이 맞았다. 대분류 아래 소분류, 그리고 미세분류. 그러니까, 누군가와 호프집에서 치맥을 나눠 먹었다면 그 치킨을 먹은 시간과 동석자, 곁들임 안주의 종류까지도 기록되는 것이다.

천리안.

아니, 만리안 시스템이었다.

다만 한 가지 마음에 들지 않는 건 부칙이었다.

─식귀는 손 없는 날에 활동할 수 없다.

옥의 티였다.

하지만 이런 귀안(鬼眼)이 제공된다면 어떤 사건이든, 이혼 소송이든 승산이 있었다. 그야말로 승소머신이 될 수 있는 것이다.

정신 줄이 제자리에 서자 창규의 머리가 돌았다. 다 좋았다. 하지만, 창규는 당장 해결해야 할 난제가 있었다.

"이 식귀 사용법에 대해 실전 적응 테스트 기회를 요청합니다."

"실전 테스트?"

"말하자면 현실 적응이죠."

"쌍식귀는 100% 보증이다. 그런 게 왜 필요하단 말이냐?"

"모든 계약에는 단순 변심 내지는 계약 이행 능력 부재가 있을 수 있습니다. 그러니 실전 테스트는 계약자 쌍방에게 이로운 일입니다. 만약 제가 식귀를 사용할 능력이 없다면 일찌 감치 계약을 파기하는 게 좋지 않겠습니까?"

창규는 변호사다운 말발로 설득에 나섰다.

"으음……."

삼세판.

잠시 숙의하던 두 혼귀왕, 창규에게 세 번의 테스트 기회를 허락했다. 그 또한 딱 한 번이었지만 창규가 자기 변론(?)을 통해 세 번으로 늘렸다. 그 정도는 되어야 윤 회장으로 비롯된 위기를 수습할 수 있을 것 같았다.

"444건의 의뢰는 어떻게 정해지는 겁니까?"

"우리가 찍어줄 것이다."

"그럼 귀신들이 저를 쫓아다니면서 감시하는 건가요?"

"어리석은!"

순간 거친 바람이 창규의 뺨을 후려쳤다. 그러자 창규 앞에 투명한 거울이 나타났다. 창규의 뺨은 복숭아꽃 매를 맞은 듯 붉게 변해 있었다.

'破.'

붉은 잔상이 그린 글자였다. '깨뜨릴 파'였다.

"그게 우리 혼귀들의 의뢰 상징이다. 네가 본 사람에게 그런
표시가 있으면 넌 그 부부나 연인 사이를 갈기갈기 찢으면 된
다. 철천지원수로 만들란 말이다."

"무늬만 잉꼬부부거나 커플인 거 잊으시면 안 됩니다."

"오냐."

"그 대상을 저는 결정할 수는 없는 겁니까?"

"가능하다. 우리가 귀신이라지만 미처 간과하고 넘어간 부
분도 있을 것이니 네가 원하면 심사하여 허락 여부를 알려주
겠다."

"두 분의 의향을 물으려면 매번 여기로 와야 합니까?"

"다른 사람이라면 그래야겠지만 너는 예외다. 이미 우리와
소통하는 매개체를 두 가지나 품고 있으니."

"둘이라면 식귀와……?"

창규의 시선이 두둑에게 향했다.

"그렇다. 그걸 불면 우리가 응답할 것이다."

"만약에 두 분이 의뢰한 연분을 못 찢으면 어떻게 되는 건
가요?"

"혼귀를 둘이나 내주었으니 실패는 용인할 수 없다. 실패가

확정되면 쌍식귀는 네 몸 안에 병귀를 불러들여 징벌의 징조로 발현될 것이다. 책임을 다하지 못한 죄로 지구상에서 가장 고통스럽게 죽여주마."

지구상에서 가장 고통스러운 죽음. 두 혼귀왕의 답은 창규 가슴에 서리발의 회오리를 만들었다.

444쌍.

무늬만 잉꼬부부면서 설레발치는 가식적인 커플들……

열흘에 하나씩 성공한다고 해도 10년 넘게 박박 기어야 한다. 한 달에 한 번이면 무려 30년이 걸릴 일이었다. 444도 이런 판에 4,444를 뽑았으면? 푸헐, 벽에 똥칠하는 나이가 되어서도 미션을 수행해야 할 운명이었다. 생각만 해도 정수리가 뻐근해 왔다.

"못 하시겠나?"

"아, 아뇨. 합니다. 해요. 하지만 계약서를 쓰면 좋겠습니다."

창규는 마지막 모험에 돌입했다.

"계약서?"

"전속 변호사 선임 계약서 말입니다. 요즘 하도 법적 분쟁이 많으니 그렇게 시작하시는 게……"

"변호사라고 형식은 다 갖추려드는구나?"

"일이란 게 서로 확실하게 해야……"

"좋다. 계약서인지 서약서인지 작성해 보거라."

창규에게 한지가 던져졌다. 꼴랑 한 장이었다.

"저어… 계약서 양식을 잘 모르시는 모양인데 한 장으로 는……."

"허어, 거참……."

그제야 한 묶음이 보태졌다. 창규는 계약서를 쓰기 시작했다. 한 장에서 두 장, 두 장에서 세 장이 되었다.

"아직도 멀었느냐?"

"이게 표준 계약서라는 게 있어서요. 게다가 갑과 을의 2매를 작성해야……."

"허어!"

계약서는 무려 18장에 이르러서야 끝났다. 깨알처럼 박힌 글자들은 보는 사람으로 하여금 현기증을 일게 했다. 왕신여제와 몽달천황이 머리를 맞대고 계약서를 검토하자 창규의 마음이 두근거렸다. 슬쩍 끼워둔 꼼수 때문이었다.

꼼수.

만약을 위한 안전장치였다. 사람들은 대개 중요한 사항만 본다. 그렇기에 악덕 업자나 악덕 기업들은 아리송한 조항을 끼워 계약자를 우롱해 먹는다. 그런 소송도 맡은 적 있던 창규였다. 소송은 졌지만 노하우는 머리에 남았던 것. 그래서 사이사이 교묘하게 '장치'를 끼워 넣은 창규였다.

"이의 없습니까?"

마지막 장이 넘어가자 창규가 조심스레 물었다.

"이의고 뭐고 계속 보다가는 난독증이 오겠구나."

"저는 속이 다 메슥거리네요. 인간들은 왜 이렇게 복잡하게 사는지… 뭔 놈의 갑과 을이 이렇게 자주 나온담. 다 그게 그거 같은 말을……."

두 혼귀왕이 고개를 저었다. 창규의 작전은 성공이었다.

"그럼 계약서에 사인을……."

시치미를 떼고 마지막 과정에 돌입했다.

"사인까지 해야 한단 말이냐?"

"대법 판례에서도 사인이 없으면 무효라……."

"어허."

"이제 제가 이 혼귀국의 전속 변호사이니 존중해 주심이……."

"알았으니까 나갈 준비나 하거라."

그 말과 함께 창규의 몸이 솟구쳤다. 이어 복숭아꽃 살구꽃 세 개가 날아와 몸에 달라붙었다. 폐와 췌장, 그리고 전립선 위치였다.

뭐야?

불안한 마음이 피어나지만 아프지는 않았다.

"징벌에 대한 장치로써 병귀가 네 몸에 암 인자를 심었다. 인간 세상에서 가장 흔한 게 암이라지. 그중에서도 폐와 췌

장암이 지독하다고 들었다. 전립선은 남자의 상징이기도 하니 특별 서비스로 하나 더 붙였다."

"……."

"네가 원하는 귀신 둘을 주었으니 계약서대로 이행하지 않으면 네 몸에 맺힌 세 개의 암 인자가 바로 발병하게 될 것이다."

"……."

"무늬만 잉꼬부부로 사는 것들. 머리에는 다른 이성을 그리면서 입으로만 지순지고한 사랑을 떠벌리는 것들. 하늘이 내린 짝이라느니 운명적인 사랑이니 하는 따위의 사랑 미화는 개나 줘버려라."

개나 줘버려라!

개나…….

반복되는 몽달천황의 목소리. 그 소리와 함께 창규의 머리에서 빛이 꺼졌다.

딸깍!

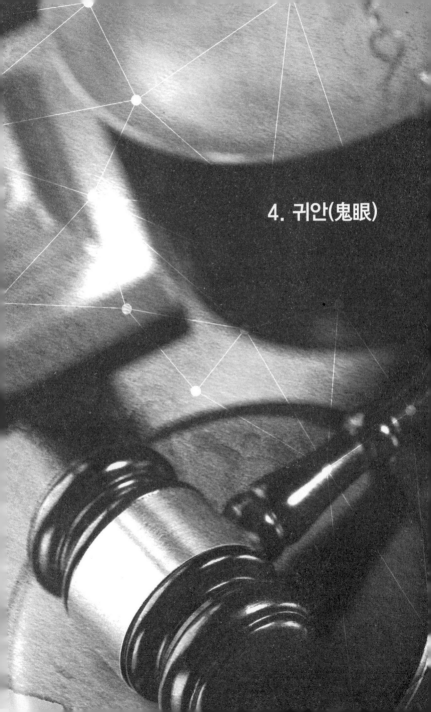

4. 귀안(鬼眼)

촤악!

찬물이 부어졌다. 창규는 가쁜 숨을 몰아쉬며 눈을 떴다. 어두웠다. 어딘지 잘 분간이 되지 않았다. 그러자 뒤통수에 불이 번쩍 일었다. 둔기가 작렬한 것이다.

촤악!

다시 찬물이 부어졌다. 누군가가 창규의 목덜미를 밟았다. 위액이 식도로 쏟아졌다. 시큼하게 아팠다. 혼귀국의 결계에서 느끼던 고통과는 차원이 달랐다.

덜 공포스럽지만 더 아팠다.

"새끼……."

오만과 멸시에 가득 찬 목소리가 들렸다. 싸구려 인성에 허접한 매너를 소스로 올린 보이스였다.

"그만해라. 그래도 타이틀이 변호사님이신데……."

가물거리는 의식 뒤편으로 다른 목소리가 끼어들었다. 창규가 아는 소리였다.

"어이, 강 변?"

소리가 가까워졌다. 창규는 피떡이 되어 부어오른 눈을 간신히 떴다. 그였다. 윤여도 회장의 오른팔이자 비서실장 진병국…….

"어이구, 이거 사람을 너무 만져놨네. 그러게 점잖은 변호사님이 왜 남의 돈을 먹고 토해내지를 않아?"

"실장님……."

"아아, 알아, 안다고. 그냥 머리 좀 식히려고 드라이브를 나온 거겠지. 우리 애들은 강 변이 튄다고 오해를 했을 테고. 난 그저 어디로 가시나 살피라고만 했을 뿐인데 직원들이 과잉충성이야. 뭐 살다 보면 이런 날도 있는 거 아니겠어?"

"그게……."

"돈은?"

"그게……."

"왜 하루 입출금 한도 초과인가? 뭐 그렇다면 좀 귀찮지만 현금으로 찾아와도 무방해. 어차피 현금으로 먹은 거잖아?"

"조금만 더 시간을……."

"시간이 필요한 건 나야. 강 변 덕분에 시간 다 말아먹고 회장님 영장 실질 심사도 점점 가망 줄어들고, 나도 덩달아 백수될 판이고… 이 나이에 재취업도 쉽지 않을 테고… 몰라서 짖는 소리는 아니겠지? 멍멍멍."

"……."

"그리고, 내가 왜 이런 수고까지 해야 하냐고. 당신 직업이 변호사 아니야? 그럼 계약을 성실하게 준수할 의무 정도는 알거 아니야? 우리가 없는 돈 게우라는 양아치도 아니고 채권자의 권리를 보장받자는 거잖아?"

"조금만 시간을… 제가 이제부터 잘 풀릴……."

"이 새끼가!"

픽!

찢어지는 소리와 함께 타격음이 들렸다. 진 실장이 옆구리를 걷어찬 것이다. 창규는 비명도 완성하지 못한 채 몸을 접었다.

"회장님 광주 퇴촌 별장 알지?"

"예……."

"거기 네 마누라하고 딸 모셔다났어."

"……?"

"내일 강 변이 이벤트해 준다고 하니까 신나서 따라나서더군. 내일까지 돈 입금하지 않으면 어떤 일이 일어날지 나도 몰라. 거기서는 한강도 굉장히 가깝지, 아마?"

실장이 부하를 돌아보았다.

"아주 가깝습니다."

부하 하나가 맞장구를 쳤다.

"실장님."

"작년에는 세상 물정 모르는 젊은 펀드 매니저 새끼가 회장님 돈을 꿀꺽 잡숫고 튀었다가 신혼의 그 와이프랑 함께 마약 과다복용으로 식물인간이 되었는데 혹시 아시나?"

"……?"

"하긴 남의 돈 수십억을 날렸는데 양심 때문에라도 그렇게 되고도 남는 거 아니겠어?"

"……!"

"그거 남의 일 아니야, 이 개자식아. 변호사라고 별다를 줄 알아?"

진 실장이 창규의 멱살을 잡아챘다. 숨통이 잘리는 것 같아 필사적으로 버둥거렸다. 화풀이다. 돈도 돈이지만 자칫하면 실형을 살게 될 윤여도. 그에게 시달림을 당했을 진 실장이 법조인의 하나인 창규에게 화풀이를 하는 것이다.

눈알이 뒤집히기 직전에 창규는 식귀의 능력을 생각해 냈다. 뭐든지 해야만 할 순간이었다.

'식귀 사용법.'

식귀의 능력을 떠올리자 창규 눈에서 불기둥이 튀었다. 밥통에서는 얼음폭풍이 일었다.

"억!"

눈빛에 놀란 실장이 손을 놓고 물러섰다.

"억!"

창규 역시 비명 비슷한 소리를 지르며 휘청거렸다. 목에 가해진 통증보다 실장에게서 일어난 현상 때문이었다.

"……!"

보였다.

귀안(鬼眼)이 발현된 것이다.

실장이 처먹은 것. 식용, 음용, 약용. 실장 몸에서 미친 듯이 밀려 나와 주변 공간을 무지막지하게 채우고 있었다. 정신이 저승 앞에서 서성이다 보니 멋대로 헝클어진 먹거리들이었다.

움머어!

육류 쪽에서 수십 마리의 소가 울고,

꿀꿀꿀!

수백 마리의 돼지가 바글거리고,

꼬꼬꼭!

수천 마리의 닭도 파드득거렸다.

그뿐인가 어류에서는 광어가 한 트럭이고 산오징어도 먹물 속에서 몸부림. 곡류의 국수는 그의 발밑에 파도를 이루고 야채와 과일들도 바다를 이루고 있었다.

진 실장.

이놈은 잡식 주의자였다. 그가 먹은 것들이 원료에서 요리를 오가며 넘실거리니 마치 한 왕국의 연회를 방불케 할 정도로 엄청난 양이었다.

특이한 건 피였다.

피를 먹었다.

그렇다고 흡혈귀라는 건 아니었다. 폭력배로 살다 보니 병원을 자주 드나들었기에 수혈을 받은 것이다. 전혈이 40봉지가 넘었고 혈장도 많았다.

"……!"

정신없이 다른 '먹거리'들을 보았다. 식귀2의 능력이었다. 정신 활동으로서의 섭취물 또한 잡식성이라 백화점과 다를 바 없었다. 돈도 처먹고, 뇌물도 처먹고, 욕도 처먹고… 당연히 여자도 처먹었…….

"웅?"

거기서 창규의 시선이 멈췄다.

여자는 달랑 둘이었다. 잡식성으로 처먹어댄 전과에 비하면 굉장히 착실한 편이었다. 결혼한 남자니 꼴랑 한 여자 정도에 한눈을 판 셈. 이 정도라면 굉장히 모범적인 여자관계라고 해도 좋을 듯······.

"······?"

잠시 옆길로 새던 창규의 생각이 거기서 멈췄다. 와이프 말고 단 한 여자. 그 여자 때문이었다.

'윤 회장님 여비서?'

소송 때문에 두 번 들렀던 윤 회장의 사무실. 거기서 보았던 볼륨 탱탱하고 고혹적이던 여비서였다. 시선이 여비서의 환영에 고정되자 둘의 히스토리가 펼쳐지기 시작했다. 진 실장이 여비서를 '시식'하는 과정들이 좌라락 보여진 것이다.

발단은 비서실의 회식날이었다. 처음부터 그럴 생각은 없었다. 다만 술이 웬수였다. 여비서가 떡이 되자 진 실장이 흔들렸다. 시원하게 허벅지와 가슴 라인을 드러낸 원피스도 한몫을 했다. 둘은 장미 모텔로 향했다. 거기가 거사 장소였다. 촛불형 전등이 켜진 침대였다. 그 둘로 촛불 아래에서 빗나간 역사를 만들어냈다.

"난 몰라요."

"미안······."

"어유, 정말······."

절대 비밀······.

둘은 묵시적으로 말했지만 한번 맛 들린 상태는 이틀도 가지 못했다. 이번에는 윤여도의 회장실이었다. 회장이 부처의 차관을 영접하느라 회의실로 간 사이였다. 여비서가 회장실 집기를 정리할 때 실장이 들어와 문을 잠궜다.

"여기서요?"

"쉬잇!"

그것으로 시식 준비는 끝이었다. 둘은 종종 그렇게 짜릿한 육체 맛의 향연을 즐겼다.

'오케이.'

정신 줄을 간신히 잡은 창규가 마른침을 넘겼다.

"이 새끼가 맛탱이가 아주 갔나?"

다시 창규 멱살을 잡아채는 진 실장. 창규는 그 귀에 대고 한마디를 속삭여 주었다.

"……?"

진 실장의 눈에 지진이 일었다. 한마디를 더 보태주었다.

"……!"

진 실장은 멱살을 놓으며 주춤 물러섰다.

협박, 폭력?

법률적인 위법성을 상기시킨 건 아니었다. 그것보다도 확실하게 먹혔다. 식귀의 능력은 허황된 것이 아니었다. 한편으로는 긴가민가하고 우려하던 창규, 그제야 심장이 후끈 달아올랐다.

'좋았어.'

"당신이 그걸 어떻게?"

진 실장이 눈알을 뒤룩거리며 물었다. 창규도 잠시 눈알을 뒤룩거렸다. 어떻게 둘러대야 할까? 창규 혼자 알고 있는 거라고 하면 쥐도 새도 모르게 목숨 줄이 끊길지도 몰랐다. 그렇다고 귀신의 짓이라고 자백하면 린치 레벨이 팍팍 올라갈 일……

내가 총 맞았냐?

창규는 살짝 돌아들어 갔다. 안전장치를 만든 것이다.

"제보가 들어왔거든요."

"제보?"

"하늘도 무심치 않은 거요. 그리고 아무리 잘못이 좀 있기로 사람을 이렇게까지……"

창규는 입안에 고인 침을 뱉어냈다. 피가 반이었다. 피까지 보게 되니 두려움이 훌쩍 멀어졌다.

"……"

"어쩔까요?"

창규가 물었다. 목소리에 조금씩 힘이 들어갔다. 제보라고 둘러댔으니 창규를 죽여도 진실을 물을 수 없을 일. 진 실장의 반응으로 보아 비교 우위에 올라섰다고 판단한 창규였다.

"뭐… 뭘?"

진 실장의 기세는 야금야금 무너졌다. 방금 전 보이던 싸움

닭의 기세는 간 곳 없고 병 걸린 병아리 꼴이 되었다.

"방금 그 일 회장님께도 말씀드려요?"

"……."

"아무리 그래도 그렇지 회장실에서까지……."

"……!"

"뭐 그렇다고 여기서 나를 어쩔 생각은 말아요. 당신들 질이 안 좋은 거 같아서 나도 만약의 대비를 해놨거든요. 만약 나한테 이상이 생기면… 내 지인이 검찰이나 경찰, 방송사 등에 자동으로 연락……. 말 안 해도 알겠죠?"

"……."

"나야 어차피 조진 인생, 같이 죽을까요?"

슬쩍 간을 보자 실장의 얼굴이 죽상으로 변했다. 이유가 있었다.

실장과 여비서.

불륜 행각이 일어날 수도 있다. 들통이 난다고 해도 와이프만 달래면 될 일이었다. 하지만 거기에 윤 회장이 끼었다. 윤 회장과 여비서가 아주 특별한 사이였다.

여비서가 바로 윤 회장의 '조카'였던 것.

조카!

아직 결혼도 안 한 미스를 윤 회장이 거두고 있었다. 아버지를 여읜 조카였기에 윤 회장의 마음이 각별했다. U대 의대를 나온 성형의와의 혼처도 알아보고 있던 터였다. 그런 차에 진 실장이 건드렸다는 팩트가 알려지면?

직장 내에서는 적어도 사형.

상상하지 않아도 짐작이 될 일이었다.

"이, 이봐. 강 변… 아니, 강 변호사님."

진 실장의 언어가 급 공손해졌다.

"두 가지만 도와주면 입 다물죠."

"두, 두 가지?"

"첫째, 별장에 데려간 우리 가족들 털끝 하나 건드리지 말고 돌려보내세요."

"……."

"그리고 내일 회장님 좀 뵙게 해주십시오. 제가 직접 담판을 짓겠습니다."

"이봐요. 강 변."

"거절하면 나도 막장으로 갑니다. 회장님 전화번호야 나도 가지고 있고… 실장님 집 전화 알아내는 것도 그렇게 어렵지는……."

"아, 알았어요. 알았다고요."

진 실장은 필사적으로 창규를 달랬다.

"내일 회사로 갈까요?"

"내일은 회사 일정보다 지방 일정에다 다른 변호사들 수임

문제로 미팅도 있고……. 저녁에 회장님 집으로 오시오. 내가 귀띔해 두리다."

"진작 그러시지……."

첫 번째 위기는 이렇게 수습되었다.

사실 윤 회장을 만난다고 뾰족한 수는 없었다. 창규가 취할 액션은 둘 중 하나였다. 윤 회장에게 집행유예를 안겨주거나 돈을 갚거나.

협박을 받고 폭행을 당해도 경찰에 신고할 수도 없었다. 이 계약은 애당초 불손했다. 그게 밝혀지면 변호사 협회에서 제명될 수도 있었다. 동시에 창규 또한 구속감이었다.

하지만 현재 일어나는 이 극단의 조치는 진 실장 선에서 이루어졌을 공산이 컸다. 그러니 윤 회장을 만나 사정하면 얼마간 시간을 벌 수 있을지 몰랐다.

이제는 스페셜한 능력이 생긴 창규. 이걸 바탕으로 큰 소송 몇 개를 수임받아 승소하면 숨통을 틀 수 있었다.

'해보자고!'

몇 번이고 혼자 중얼거렸다. 지상 모든 사람들의 먹거리 히스토리가 손안에 들어왔다. 이거라면 변론에 굉장한 무기가 될 수 있었다. 패소하는 게 일이었던 강창규. 그래서 변호사라는 명함 내밀기도 뻘쭘했던 신세.

이제는 아니다.

누구와 붙어도 자신이 생겼다. 그게 설령 전관예우로 반짝이는 인간이라고 해도.

승소머신의 꽃길이 코앞에 있는 것이다.

하지만.

일단 10억.

발등의 불부터 꺼야 했다. 창규의 걸음이 빨라지고 있었다.

다음 날, 창규는 사무실로 출근을 했다. 주차를 하려는데 뒤에서 경적이 울렸다. 돌아보니 육경욱 변호사의 최신형 외제 세단이었다.

"어이, 거긴 내 자린데?"

창규보다 열세 살이 많은 육 변호사. 이 빌딩에 입주한 변호사들 가운데 수입 1, 2등을 다투는 강자였다. 검사 출신으로 자화자찬형 승소머신. 한때는 3년 동안 한 번도 패소하지 않은 기록도 있다고 했다.

저 인간이 잘하는 건 찍새라고 사건을 물어오는 것. 뒤에 빵빵한 재벌급 처가를 둔 덕분이다. 그런 다음 뒤처리는 신참 변호사들을 블랙으로 채용해 등골을 빼먹는다. 작년만 해도 구석진 먹방 책상에서 격무에 시달리다 그만둔 블랙이 세 명이나 되었고, 그중 하나는 창규가 소개해 준 창규의 후배였다.

엘리베이터를 기준으로 할 때 앞에서 두 번째 사무실을 장악

했는데, 그곳은 2호실로 불린다. 다 그런 건 아니지만 이 빌딩에서는 입구 쪽에 위치할수록 잘나가는 상징이었다. 거기에 임대 평수와 수임 건수, 나아가 싸가지 행방불명 신공까지도 강자.

"주차도 지정 자리가 있습니까?"

"그거 꼭 말로 해야 알아?"

"예?"

"관리비 얼마 내? 아니지, 저저번에는 관리비도 밀렸었다지?"

육경욱의 눈매는 거만의 절정에서 반짝거렸다.

수임료 순수입만 연간 15억대 이상에, 이름만 대면 알 만한 기업의 미녀 외동딸과 결혼을 한 인간. 부부 사이도 좋아 온갖 방송에 함께 출연해 금슬을 과시하는 중이었다. 주변 사람들에게 싸가지가 없다는 것만 제외하면 정말 부러운 인간.

"강 변."

주차를 마친 그가 창규를 불렀다.

"골방 사무실 문 닫는다며?"

"누가 그럽니까?"

"임대료도 못 내고, 직원들은 다 튀고… 보아하니 그 능력에 어디서 받아줄 거 같지도 않은데… 갈 데 없지?"

"……."

"하긴 그 구석 사무실에서 뭐가 되겠어? 원래 청소 도구함 두던 곳이라 척 봐도 견적 나오는데……"

"육 변호사님."

"변호 '사'."

말장난으로 비껴간 육경욱이 계속 염장을 질러댔다.

"내 밑에 오지? 나 알잖아? 대한민국 법조계가 인정하는 승소머신. 어차피 이번 임대 재계약 때 사무실 좀 확장할 생각이라서 말이야. 세금 맞으니 갈 데 없는 변호사 한 명 구제하는 게 낫지 않겠어?"

"막변 블랙으로 쓰시게요?"

"찍새 능력 없으면 다 그런 거 아니야? 보아하니 딱새시켜도 납품도 그리 잘할 것 같지는 않고……."

육경욱이 빙그레 웃었다.

변호사들 사이에도 은어가 많았다. 막변은 자질구레한 뒤처리 담당 변호사를 뜻하고 블랙은 낮은 급여를 의미한다. 찍새 역시 은어였으니 사건을 물어오는 변호사는 찍새, 법원에 제출한 서면을 맡는 변호사를 딱새라 불렀다.

"미안하지만 저 문 안 닫습니다. 직원들도 다시 올 거고요."

"그렇게 버둥거리면 없는 실력이 생기나? 변호사 개업이 개나 소나 하는 건 줄 알았지? 연변은 다 아는 걸 로변들은 잘 모른단 말이지."

연변은 연수원출신 변호사다. 즉, 사법고시를 패스한 법조인들. 그에 비해 로스쿨 출신을 로변이라고 불렀다.

"육 변호사님!"

"아아, 알았어. 없는 것들이 꼭 자존심 타령이지. 아무튼 생각 있으면 말하라고."

육경욱은 거만을 뚝뚝 흘리며 지하 엘리베이터에 올랐다.

'오냐!'

창규는 치도 떨지 않았다. 이 빌딩 변호사들에게 개무시를 당한 게 어디 어제 오늘일까?

'두고 보라지.'

입술을 깨물며 구석의 사무실 문을 열었다. 처음에는 이 끝자리가 아니었다. 하지만 임대료가 부담이 되면서 구석 골방으로 밀렸다. 입지가 좋은 빌딩이라 다른 곳보다는 낫다고 판단한 것이다.

"……!"

눈앞의 광경을 보자 한숨이 나왔다. 썰렁한 사무실은 개판 오 분 후였다. 김만태 사무장과 직원들이 떠난 사무실은 미세 먼지만 폴폴 날렸다.

이제와 돌아보면 크게 아쉽지 않았다. 사무장도 별 능력이 없는 인간이었다. 그가 믿는 건 강북 쪽 경찰서의 형사반장 한 사람. 그 사람이 물어다 주는 사건이나 따먹는 처지였는데 반장이 정년퇴직을 한 것이다.

다른 건 공미혜였다.

그녀는 우직하도록 창규를 따랐다. 사실, 얼굴도 별로고 몸매도 일자형이라 눈길은 안 가는 아가씨다. 장래 희망이 변호사였던 그녀. 집안이 몰락해 더 이상 공부를 못하게 되자 변호사 사무실에서라도 근무하고 싶어 했다. 서초동 사무실 네 군데서 퇴짜를 맞고 방향을 틀려던 그녀를 창규가 받아주었다.

"월급 같은 건 아무래도 괜찮아요. 열정 페이도 있다잖아요."

반전이 있었다. 외모에 비해 목소리 하나는 꾀꼬리였다. 특히 전화 목소리가 죽여줬다. 초라한 사무실을 보고도 열정에 불타던 그녀······.

그녀는 시들어가는 사무실에 수국이자 오아시스 같은 존재였다. 하지만 일이 꼬이면서 그녀에게도 최후통첩을 하는 수밖에 없었다. 그녀가 말했다.

"변호사님은 꼭 재기할 거예요. 언제든 부르기만 하세요."

그녀는 마지막 날에도 정시 퇴근보다 한 시간 늦게 나갔다. 가기 전에는 한 번 더 창규의 책상과 의자를 닦아주었다. 그럼에도 불구하고 시간 외 수당 한번 챙겨주지 못했다.

'변호사님.'

'변호사님······.'

낭랑한 목소리가 귓속을 떠돌지만 아직은 호출할 때가 아니었다. 쌓인 신문부터 치웠다. 책상 구석의 민화풍 호랑이 백자 항아리에 쌓인 먼지도 털었다.

백자!

어머니 이지숙의 유품이었다.

그녀가 늘 아끼던 것. 큰 값은 안 나가지만 고미술상을 하던 아버지가 준 선물이라고 했다. 뚜껑이 있지만 열리지 않는다. 오래되어 달라붙은 모양이었다.

인스턴트 커피를 탔다. 미혜가 내려주던 원두가 생각났지만 괜찮았다.

민법을 뒤졌다. 이혼소송에 관한 판례와 책자부터 모았다. 솔직히, 당장은 집중되지 않았다. 머리에 맴도는 10억의 부담 때문이었다.

아내에게 전화를 했다. 여전히 불통이었다. 하지만 처음처럼 큰 걱정은 되지 않았다. 진 실장이 바보가 아닌 이상 아내를 박대할 리 없었다.

약속 시간보다 일찍 사무실을 나섰다. 조바심이 등을 밀었다. 일찍 가서 기다리는 게 속 편할 거 같았다. 법원 앞 부근에서 차가 밀렸다. 중앙선을 넘은 교통사고였다. 사람까지 다친 것인지 운전자가 피를 흘리며 내렸다. 차량은 양쪽 도로에서 한 발도 움직이지 못했다.

'아, 조심들 좀 하지.'

쓴 입맛을 다실 때였다. 법원 쪽에서 나온 차량 중에 이 부장판사의 세단이 보였다. 새로 윤 회장의 사건을 배정받은 판사. 절반쯤 내린 차창 너머로 사고를 지켜보는 그의 얼굴이 보였다.

얼굴.

부장판사의 얼굴.

순간 창규는 고민했다. 테스트 카드의 기회는 세 번. 하나는 이미 써먹었다. 남은 건 두 개였다. 10억이 좌우하는 건 윤회장. 하나는 무조건 거기다 써야 했다.

그렇다면 남는 건 단 하나.

이 부장판사는 윤 회장의 목숨 줄을 쥔 사람. 그러나 이 사람이 눈을 감아주면 그 또한 해결책이 될 일.

'에라!'

창규는 식귀의 카드를 뽑았다. 이번에는 좀 더 신중했다. 지난번 진 실장에게는 정신 줄 놓은 채 우격다짐식으로 써먹은 테스트.

하지만 실전에서 효과적으로 쓰려면 식귀 사용법을 디테일하게 익혀야 할 것 같았다.

식귀1.

네 능력 좀 보자.

귀안(鬼眼)을 부탁해!

창규가 속삭이자 식귀1의 능력이 쏜살처럼 발현되었다. 이번에도 눈과 밥통에 느껴지는 감각은 비슷했다. 차분하게 정렬부터 시켰다. 리딩(Reading), 즉 사용법을 익히려는 것이다.

[식용─곡류, 육류, 채소류, 어류]

섭취물은 체계를 갖춰 정렬이 되었다. 랜덤으로 나온 순서는 섭취량이 가장 많은 순서대로였다. 창규 시선에 어류가 띄어 그것부터 확인을 시작했다.

[어류─고등어, 꽁치, 오징어, 갈치, 광어, 민어, 참치]

지금까지 먹은 양은 고등어가 압권이었다. 참치로 시선을 돌렸다.

[참치─회, 초밥, 찜……]
[회─대뱃살, 가맛살, 배꼽살, 등심……]

아!

탄식과 함께 체계를 알았다. 카테고리와 디렉토리 개념이 맞았다. 식용 카테고리에서 어류, 어류 디렉토리에서 참치, 참치 폴더에서 회, 마지막으로 회 파일.

　확인을 위해 약용을 살폈다. 약용 카테고리에서 한약, 한약 무더기에서 보신, 보신 폴더에서 공진단, 공진단 파일에서 즙.

　이번에는 날짜 순으로도 분류를 해보았다. 수많은 공진단 즙들이 최근 순, 오래된 순으로 움직였다.

　'최근 것!'

　[시간(오늘 아침)—장소(자택 식탁)—관여자(가정부 노기순)—용량(200ml 1팩)—가격(팩당 3만 원)—출처(강북 숙제한의원)—제조자(한의사 권재경)—상황(기분 전환)]

　'오래된 것!'

　[시간(17년 5개월 22일전)—장소(법원 사무실)—관여자(법원사무관 이청강)—용량(3정)—가격(정당 3천원)—제조자(한약사 배성주)—상황(활력 느낌)]

　정보를 체크한 창규, 호기심에 법원 관여자 이청강을 터치했다.

　[이청강, 35세, 이재명과 친분 관계 상급, 이재명의 환심을 사기

위해 한 봉지 선물함, 이후 활력을 느끼며 친분 관계 강화됨]

"……."

이재명뿐만이 아니라 관여자의 정보까지도 알려주는 신이 함. 차분히 확인하니 더욱 감탄이 나왔다. 이 치밀함은 작은 우주였다. 누가 컴퓨터의 연산, 기억, 분석 능력이 위대하다 했던가. 식귀의 먹은 기록이야말로 귀신이 곡하고 갈 컴퓨터였다. 어쩌면 컴퓨터가, 저작권도 주지 않고 이 능력을 베껴 먹은 게 아닐까 싶었다.

식귀1이 적용하고 있는 건 대략 몇 가지 대분류. 컴퓨터 식으로 말하면 카테고리였다.

[식용]
[약용]
[음용]
[특용]

앞선 세 개는 생명 유지를 위해 먹는 것이다. 하지만 특용은 무엇일까? 진 실장처럼 혈액 같은 것? 마약 같은 것? 하긴 단지에서 본 정액도 특용의 범주. 궁금한 마음이 들어 확인에 들어갔다. 하지만 이 판사의 특용 카테고리는 거의 비어 있었다.

'사람마다 다르다는 거로군.'

이쯤하고 식귀2로 넘어갔다. 앰뷸런스와 견인차 등이 도착하면서 사고 현장이 정리되는 분위기 때문이었다.

여기도 카테고리 개념은 같았다. 다른 것은 생체 활동을 위한 먹거리가 아니라 정신 활동이나 그 부산물에 속하는 추상적인 거라는 게 달랐다.

[이성]

[재물]

[명예]

[특례]

제일 먼저 재물 카테고리를 열었다. 안에는 뇌물 디렉토리가 보였다.

열었다.

흔적에 불과했다.

하위 서랍도 열었다. 그 또한 흐린 흔적뿐이었다. 마지막 희망인 파일을 열었다. 달랑 두 개가 나왔다. 돈의 액수도 소액이었다.

'망할!'

창규의 소감이었다.

둘 다 십만 원 단위의 봉투였다. 하나는 판사가 되고 두 번째 판결에서 받은 것. 억울한 누명을 벗어난 피고의 어머니가 판사 몰래 문틈으로 넣어두고 간 거였다. 용처를 보니 그 또한 거리의 자선냄비에 넣어버린 마당. 꼬투리가 될 수 없었다.

정말이지 이재명 부장판사는 이 시대의 참 법조인이 맞았다.

이 정도라면 고매한 인품에 감탄해야 할 일. 하지만 처한 상황이 이렇다 보니 치사하게도 치사한 것이 필요했다.

'제발 뭐 하나만 걸려다오.'

혹시나 하고 이성 관계를 확인한 창규, 마침내 원하는 것을 발견하고 숨이 멈췄다.

[시간-장소-이유-과정-결과……]

떨리는 마음을 누르며 차근차근 체크했다. 그리고, 자신도 모르게 주먹을 쥐며 소리 없는 쾌재를 불렀다.

"빙고!"

있었다.

창규가 찾던 그것. 남자라면 누구도 피할 수 없는 본성.

여자관계.

이성 카테고리 안, 빳빳한 새 파일에서 나온 여자.

빵-빵!

관계망을 더듬는 사이에 뒤차들이 앙탈을 했다. 앞길이 열린 것이다.

"아이, 씨발… 가는 거야, 마는 거야?"

"야? 개초보야 뭐야?"

뒤차들의 '개'지랄을 한 몸에 받으며 불법 유턴을 했다. 저만치 국고 자동 보충용이자 지갑 강탈용 단속 CCTV가 보였지만 개의치 않았다. 까짓것 애국 좀 해주마. 창규는 부장판사의 세단을 따라붙었다.

'이 시대 마지막 청빈 법조인 이재명.'

부장판사의 평판이었다. 그는 법원 안팎에서 '유니크 벙커'로 알려져 있다. 벙커는 일 처리가 깐깐한 재판장을 의미하는 법원의 은어. 낚시하다 죽은 판사보다도 더 대쪽 같은 소신 판결로 유명했다.

정치적인 대형 사건에도 휘둘리지 않았다. 청와대 수석비서관과 법무차관의 압력을 받은 적도 있지만 법률적 판례를 찾아와 준다면 협조해 주겠다는 트위터를 남겨 국민적 인기를 얻기도 했다.

그의 부인은 암으로 세상을 떠났다. 유방암이 전신으로 번진 까닭이었다. 그때도 묵묵히 입원 차례를 기다렸다. 남들 다 동원한다는 급행 입원 빽조차 쓰지 않은 그였다. 소소한 자료는 이미 다 찾아본 창규였다. 그때는 당연히 이 '비밀'이

나오지 않았다.

'하느님, 고맙습니다.'

아드레날린의 분비량 때문인지 심장 속의 쿵쿵 소리가 달래지지 않았다. 하늘이 무너져도 솟아날 구멍은 있다더니…… . 부장판사의 여자관계를 알아낸 것이다.

그는 지금 한 여자를 사랑하고 있었다.

그런데, 부장판사의 사랑이 뭐?

아내를 여읜 사람은 누굴 좋아하면 안 되냐고? 물론 헌법이 보장하는 개인의 자유였다. 아내가 없으니 불륜이 될 것도 아니었다. 상대방 여자도 다행스럽게 사별한 상황. 초등학교 때의 첫사랑이라는 점도 큰 빌미는 아니었다.

하지만 딱 하나의 문제가 있었다. 문제는 바로 부장판사가 주재한 판결의 피고였다는 것. 사기 사건에 얽혀 남편이 남겨 준 전 재산을 털리게 된 여자, 판사의 이름을 보자 옛날 생각을 했다.

혹시나 하고 알아보다 판사가 초등학교 때 자신을 쫓아다니던 순둥이라는 걸 알았다. 자칫하면 전 재산을 날릴 판이기에 판사를 찾아가 읍소를 했다.

판사는 사건 관계자를 독대했다. 그의 법조 인생에 있어 처음이었다.

지금까지 한 번도 감정에 휘둘리지 않은 부장판사. 콧등이 시큰해졌다. 행복하게 살 것으로 알았던 첫사랑 여자. 전문 사기단에 걸려 있었다. 증거로 보아 여자가 명백하게 불리했다. 그러나 법적인 판단은 증거로 내리는 것. 그 원칙을 딱 한 번 내려놓았다. 부장판사는 여자 쪽 변호사의 손을 들어주었다.

'남들은 이보다 더 한 막장 판결도 내리는 판에.'

그 또한 그의 정의감의 발로였다. 다행히 판결은 별 관심이나 의혹 제기 없이 지나갔다. 오늘부터 딱 1년 전의 일이었다.

그렇게 다시 만난 두 사람이었다. 기왕에 홀로 된 몸이니 마음을 나누기에 이르렀다. 이제는, 양가에서도 서로의 존재를 알아 재혼 이야기가 나오는 마당이었다.

창규는 그 아킬레스건을 물었다.

정치적 판결만 떳떳치 못한 게 아니었다.

전관예우만 나쁜 게 아니었다.

'첫사랑을 위한 편파적 판결.'

대쪽 판사라면, 그 또한 도의적인 비난을 벗어날 수 없는 일이었다.

'좀 치사빤쓰한 짓이지만······.'

창규도 인간이다. 진심으로 양심에 찔렸다. 하지만 내가 죽을 판이었다. 자신의 목숨이 경각에 달렸을 때의 자구행위는 민법 제761조(정당방위, 긴급피난)에서도 인정하고 있지 않은가?

법원에서 신망이 높은 이 부장판사. 명예를 보석처럼 아는 그이기에 씨가 먹힐 아이템이었다.

"후-우!"

몇 번이고 심호흡을 한 창규, 세단에서 내리는 부장판사에게 다가섰다. 전처럼 심장이 쿵쾅거리지는 않았다.

"안녕하세요?"

일단 인사부터 작렬했다. 그는 창규를 알았다. 보통 법관들은 사건과 관련된 법조인을 피하는 게 일반적. 더구나 청탁의 시도까지 있던 창규였으니 사뿐히 개무시를 당했다.

"이 부장판사님."

"⋯⋯."

"저 한 번만 밀어주십시오."

"정신 나간⋯ 젊은 친구가 생각한다는 게⋯⋯."

어깨선을 지나치는 판사의 입에서 멸시 어린 말이 나왔다.

"판사님도 누구 봐주는 게 처음은 아니지 않습니까?"

창규가 미리 장전한 핵탄두로 받아쳤다.

주춤!

두 걸음쯤 멀어지던 판사의 발이 멈췄다.

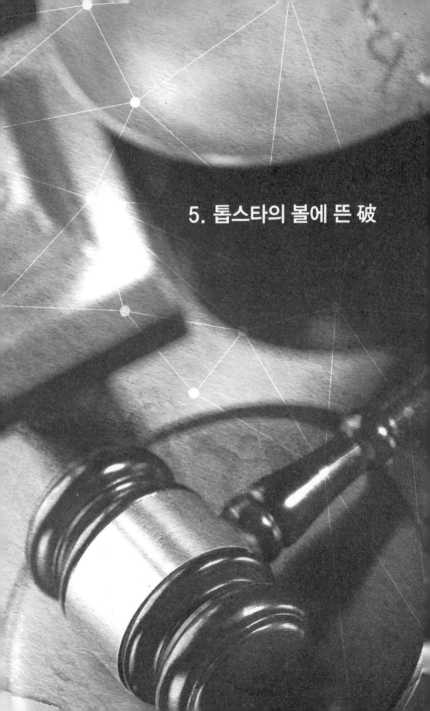

5. 톱스타의 볼에 뜬 破

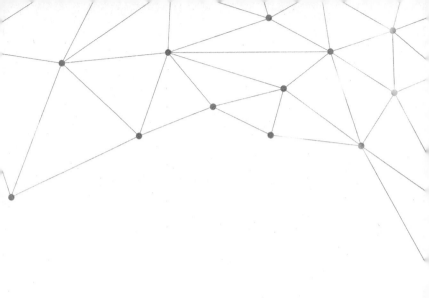

"박영희 씨 아시죠?"

거기서 가해진 확인 사격.

"……."

총격을 받은 판사의 어깨가 돌덩이처럼 굳는 게 보였다.

"모르실 리 없지요."

"……."

"저도 그분 못지않게 절박한 상황입니다. 판사님이 이해해 주지 않으시면 목숨을 던져야 하는……."

판사가 비스듬히 어깨를 돌렸다. 창규가 고스란히 시선을 받았다. 판사는 먼저 입을 열지 않았다. 짧은 시간이지만 굉장한 신경전이었다. 자칫 입을 열면 '인정'하는 꼴이 되는 까닭이었다.

"저도 잘못된 일인 줄 압니다. 하지만 판사님처럼, 딱 한 번만 일탈하고 법조인의 명예를 따라가겠습니다."

창규는 정중하게 허리를 숙였다. 머리 잘 도는 부장판사가 맥락을 모를 리 없었다. 이 정도 청빈 레벨의 인물들에게는 자존심이 곧 목숨. 결정이든 수락이든 그에게 맡기는 게 좋았다.

"어디서 들었나?"

판사의 입이 묵직하게 열렸다.

"지인으로부터 정보를 받았습니다."

"지인?"

"입이 무거운 사람이지만 제 딱한 사정을 알고… 입단속은 제가 확실히 시켜두었습니다만."

"박영희라고 했나?"

"판사님 초등학교 동창 말입니다. 사기 소송으로 피고와 담당 판사로서 재회하시게 된… 코드 002 가합……."

"그만."

"부탁드립니다."

"……."

"……."

"자네의 이름이?"

"강창규입니다."

"강 변호사가 말하던 거액 도박 건은 변호인단이 바뀌는 것
으로 알고 있는데?"

"판사님이 제 목숨을 살려주신다면 변호인 명단이 바뀌지
않을 겁니다."

"……."

"……."

침묵.

오래고 깊은 침묵이 두 사람을 스쳐갔다. 그러다 이 판사가
입을 열었다.

"윤여도……."

"……."

"변호사 자격증을 걸 수 있나?"

"예?"

"그 사람 구제하는 데 강 변호사 자격증을 걸 수 있냐고 묻
고 있네. 그 말은 곧 그 사람이 다시는 상습 도박을 하지 않
는다는 전제를 달고 있네."

이 부장판사의 목소리는 낮지만 힘이 가득했다. 사안으로
보아 이번에 봐준다고 해도 다음에 다시 걸리면 이 판사가 문

제가 될 일. 그렇기에 대못을 박는 것이다.

"걸겠습니다."

"그 사람, 가족 관계가 어떻게 되나?"

"여중생 딸과 아내, 그리고 병환 중인 노모가 있는 것으로……."

"그 세 사람의 육필 보증서를 받아오게. 강 변호사 것까지 더해서… 사인은 안중근 의사처럼 손바닥을 찍고."

"……."

"도박 근절 프로그램 이수나 전문가 상담은 기본인 거 알겠지?"

"예."

"그런 다음에 강 변호사의 요청에 타당한 변론까지 준비한다면 검토해 보겠네."

"판사님!"

긴장하던 창규가 발딱 고개를 들었다. 옵션을 걸었지만 봐줄 수 있다는 암시였다.

"참고 사항이 하나 더 있네."

"말씀하시죠."

"강 변호사 수임료 말이야, 일반적이지는 않겠지?"

"물, 물론……."

"일부는 기부하시게."

"……"

"이제 가보게. 박영희… 그 이름은 강 변호사와 지인 머리에서 지워 버리고."

"고, 고맙습니다. 고맙습니다."

창규는 거푸 허리를 꺾었다. 판사는 가던 길로 가버렸다.

이심전심이었다. 판사의 입으로 명쾌한 언질을 한 건 아니지만 희망의 씨앗을 주고 간 것이다. 그 정도면 되었다. 창규도 꽁 먹을 생각은 없었다.

창규는 핸드폰을 꺼내 들었다. 그리고 녹음을 돌렸다.

―강 변호사 요청에 타당한 변론을 준비한다면 검토해 보겠네.

부장판사의 목소리는 명품 피아노의 음계처럼 또렷하게 들렸다.

'오케이!'

심장에 한 번 더 생기가 돌았다. 카드는 제대로 써먹었다. 이거라면 윤 회장과의 담판에도 승산이 있는 일이었다.

딩동딩동!

대저택의 벨을 눌렀다.

장충동에 자리한 윤 회장의 저택 안에는 고풍 수려한 소나무가 서 있었다. 척 봐도 자태가 기막히다. 돈을 주고 산다면 몇 억을 줘야 할 것 같았다. 사람들은 잘 모르지만, 재벌들은 나무도 재테크다. 기막힌 소나무는 천만금을 줘도 사기 어렵다는 게 정설이었다.

단 한 방에 진 실장이 나왔다.

"회장님은요?"

"안에 계시오."

그가 손을 들었다. 두 번째 찾아오는 윤 회장의 정원. 그때나 지금이나 잔디 상태는 기가 막혔다. 찌질한 생을 사는 사람이라면 사시사철 관리받는 이 집 잔디 팔자가 부러울 일이었다.

"지금 손님을 만나고 있습니다."

진 실장이 말했다.

기다리라는 말이었다.

잔디를 바라보았다. 가지런하고 또 가지런한 잔디 상태. 윤 회장의 일상이 저 잔디 같다면 세간의 존경을 받았을 일이다. 하지만 윤 회장의 본성은 버려진 잡풀 더미를 닮았다. 겉보기는 신사지만 그 이면에는 역겨운 만행이 잔뜩 깔렸다. 세상은 그걸 일러 사업 수완과 추진력이라는 말로 미화해 주고 있었다.

수완은 개뿔.

추진력은 개나발.

알고 보면 다 불법, 위법, 탈법이었다.

나오는 시간이 꽤 걸렸다. 그것은 곧, 윤 회장에게 창규가 그리 중요한 인물이 아니라는 의미였다. 상관없었다. 그는 창규의 새 카드를 모르고 있었다.

기품 있게 구부러진 소나무에 취해 있을 때 안에서 사람이 나왔다. 그저 나오기만 하는데도 정원이 환하게 변했다. 드라마 촬영용 라이트라도 켜진 듯이.

"……!"

창규는 그 이유를 알았다. 홍태리였다. 대한민국 최고의 미녀 가수로 불리는 홍태리. 동시에 CF의 여왕으로 불리는 연예인이다.

―산소 미인.

―대리석 피부.

―조각 미녀.

―움직이는 순수.

그녀를 대표하는 말은 한둘이 아니었다.

출연하는 예능이나 드라마는 개발 연기로 말아먹지만 광고에서만은 넘사벽으로 불리는 청초미의 상징. 윤 회장 기업의 광고도 두 개나 계약하고 있는 상태니 인사차 들른 모양이었다.

한마디로 더럽게도 예뻤다. 창규의 아내도 나름 청순 미인이지만 보석처럼 관리받는 홍태리의 대리석 몸매나 피부와는 비교 불가였다.

'꽃!'

꽃 천지가 생각났다. 그녀가 움직이면 그 주변이 꽃밭 분위기가 되는 것이다. 황홀경과 매혹의 에너지로 가득 차는 것이다.

'저런 여자와 자는 남자는…….'

욕정이 아니라 본연의 성을 생각하게 하는 매력덩어리 여자. 그녀의 시선이 창규와 마주쳤다. 순간, 창규의 뇌리에 와르릉 천둥이 일었다.

'꽃!'

그 또한 꽃이었다. 갓 짜낸 우유처럼 순백이던 그녀의 볼에 꽃이 핀 것이다.

'破.'

홍조가 그려낸 글자가 그랬다. 몽달천황과 왕신여제가 암시한 검붉은 표시… 딩동댕동, 택배 왔습니다. 혼귀들의 첫 택배였다.

'첫 수임…….'

아직 미혼인 이 인기 초절정의 여자를?

창규가 후끈 달아오를 때 진 실장이 힌트를 전해왔다.

"홍 양이 전격 결혼할 예정이라 회장님께 인사를 온 겁니다."

뭐어?

전격 결혼할 예정?

"상대는 시청자들의 우상으로 불리는 예능 메인 진행자 이석후랍니다. 시청률 제조기 아시죠? 둘이 몰래 밀애를 나누느라 애를 먹었는데 아마 내일 아침쯤 신문에 공식 발표가 날 겁니다."

"……."

정신 줄이 휘청거렸다.

홍태리와 이석후.

둘 다 인기 최정상의 연예인들이다. 둘이 결혼 발표를 하면 대한민국이 들썩거릴 일이다. 창규도 두 연예인을 좋아했다. 이미지가 쿨해 안티도 많지 않았다. 누가 봐도 잘 어울리는 한 쌍이었다.

그런데 이 커플들, 결혼식도 올리기 전에 문제가 있단 말인가?

맞잖아?

귀신들이 첫 의뢰부터 헛발질할 리 없지.

아니야.

귀신이라고 실수하지 말라는 법은 없잖아.

아니…….

혹시 약속을 잊고 진짜 천상배필인 예비부부에게 시기심과 저주의 발동을?

당혹스러운 사이에 홍태리의 세단이 저택에서 멀어졌다. 그러자 불기둥과 얼음폭풍의 느낌이 창규를 몰아쳤다.

'거짓된 연분을 깨뜨려라!'

'파경으로 몰아라!'

소리 없는 아우성이 회오리를 이룰 때 윤 회장의 목소리가 들려왔다.

"강 변이 무슨 일인가?"

순간, 창규의 뇌리에 불손한 생각이 스쳐갔다.

홍태리.

최고의 가수다. 노래만 잘하는 게 아니다. 남자라면 내숭 백단이라고 해도 한번은 자빠뜨리고 싶은 여자. 그가 만난 윤 회장은 알고 보면 속물에 욕망덩어리인 인간. 두말할 것도 없이 존경하려고 찾아온 건 아닐 터였다.

그렇다면 왜?

둘이 혹시?

불손한 상상의 시선이 회장에게 날아갔다. 테스트 카드는 아직 한 장이 남았다. 홍태리 건이야 혼귀들의 의뢰이니 식귀 사용에 문제가 없을 일. 이미 이 부장판사 건으로 숨통이 트인 창규. 어차피 윤 회장 때문에 요청한 카드였으니 아낄 이유가 없었다.

'식귀 사용법!'

식귀1과 식귀2의 능력 총동원령을 내렸다. 혼신을 다한 리딩(Reading)이었다.

'윽!'

창규가 한 발 물러섰다. 이 인간의 섭취물 카테고리 속은 상당히 난해했다. 초근목피부터 고급진 재료까지 초만원을 이루며 나열된 것이다.

[식용, 약용, 음용, 특용……]

식용 카테고리의 단위부터 좁혔다. 대체 뭘 처먹고 다니서서 이토록 간댕이가 큰 건지……. 능력 운용은 이 부장판사에게의 경험이 큰 도움이 되었다. 클릭을 하듯 차근차근, 카테고리를 열고 들어갔다.

[최근 1년]

그러자 자료가 간소해졌다. 간소해지니 이해가 쉬웠다. 초근목피는 과거의 먹거리들이었다. 최근 것들은 죄다 럭셔리의 극치였다. 바닷가재가 지천이고 알래스카 대게가 줄을 지었다. 곰 발바닥도 있고 해구신도 보인다. 회도 고급 어종만 팔

딱거렸다. 웬만하면 200킬로가 넘는 초고급 참치에 다금바리와 민어 등이 널렸다.

식귀2 쪽도 만땅이었다.

재물 디렉토리를 열자 꿀꺽한 현금과 보석도 한 트럭은 넘었다. 준 것도 많다고 알려졌지만 받아 처먹은 것도 많은 인간이었다.

일단 사건 의뢰의 시발점이 된 카지노 돈의 출처가 궁금했다. 도박이라는 게 무릇 공돈이 생겼을 때 많이 지르게 되는 법.

섭취하신 돈 폴더 안에서 파일을 열었다.

도박 자금 40억.

돈뭉치는 자신의 히스토리를 고스란히 열람하게 해주었다.

[시간(지난해 겨울 12월 27일 오후 9시 45분)—장소(여의도 시부야일식점 내실 홍실)—이유(이권 청탁 협의)—과정(전문 브로커 이재용에게 뇌물 배달 청탁 받음, 38만 원짜리 민어회에 7만 원짜리 이강주 3병을 나눠 마심)—결과(현금 80억 수수)]

80억!

돈을 터치하자 출처가 나왔다. 명동의 사채업자 조병탁. 그의 두 번째 금고에서 나온 뭉칫돈이었다.

'문익수 장관에게 배달되던 뇌물의 일부.'

윤 회장이 카지노에서 날린 도박 자금은 이권 부처의 장관에게 바치는 뇌물이었다. 전달 역을 받은 윤 회장이 배달비로 절반 정도 잘라 먹은 것.

식귀1로 돌아가 민어와 이강주 편을 크로스 체크 했다. 같은 시간 이재용과 먹은 기억이 일치했다.

'오케이.'

빌미를 잡은 창규, 쾌재를 부르다 시선이 멈췄다. 그 또한 매우 매혹적인 자료였다.

윤 회장의 이성 관계 카테고리……

디렉토리의 폴더마다 여자가 넘치고 있었다. 한둘이 아니었다. 얼핏 보아도 수십은 되어 보이는 여자들. 세대별로 나눈 폴더만 셋이었고, 체형별로 나눈 폴더가 다섯이었다.

[섹시]

[푸근]

[청순]

[가련]

[푸짐]

도박과 여자, 돈 많은 탕아들의 루틴을 제대로 밟고 있는 윤 회장이었다. 창규, 미녀를 세대별로 골라 짬짬하신 회장이 부러워서 굳은 건 아니었다. 놀랍게도 그 미녀들 파일 사이에 홍태리 파일이 보인 것이다.

'대박!'

쾌재가 절로 났다. 이거야말로 카지노 도박 자금의 기원보다 몇백 배는 유용한 증거가 될 일이었다. 주저 없이 홍태리의 기원을 살펴주셨다.

첫 시식을 하는 날이었다. 화려한 침대가 보였다. 거기 착잡하게 앉은 여자는 홍태리였다. 고민하는 표정이 역력하다. 그녀는 테이블로 걸어가 샴페인을 원샷했다. 샴페인은 최고급 돔페리뇽 P2. 그래도 모자란지 한 잔을 더 들이켰다. 볼에 순박함이 가득한 걸 보니 데뷔 초기로 보였다.

샤워장 쪽 문이 열렸다. 함지박 뚜껑만 한 똥배가 먼저 보였다. 그 아래 부분에 흰 타올은 감겨 있었다. 게슴츠레한 미소에 욕정으로 불타는 남자. 윤 회장이었다.

그는 홍태리를 뒤에서 안았다. 홍태리의 볼륨이 적나라하게 느껴졌다. 이미 함량 높은 뭐뭐그라까지 꿀꺽한 윤 회장. 똥배 아래의 방망이는 타격 준비를 갖춘 지 오래였다.

홍태리가 왜 샴페인을 거푸 마셨는지 이해가 되었다. 제정신으로는 교접할 수 없는 상대였다. 홍태리는 윤 회장을 밀어내고 스스로 옷을 벗었다. 교외의 별장이었다. 빨간 벽돌의 동화 같은 집이었다. 동화 속에서 마왕이 요정을 꿀꺽하는 꼴이었다.

비슷한 과정이 되풀이되었다. 장소가 바뀐 적도 있었다. 윤 회장 집무실의 휴게실이었다. 윤 회장은 4개월 전까지도 요정을 섭취했다. 그러다 한 번은 큰 탈이 났다. 식귀1 쪽에 보이는 성병 치료제가 그것이었다. 홍태리에게 옮은 건지는 확실하지 않았다. 이 시기에 새 광고 모델을 들이면서 그녀들도 꿀꺽한 까닭이었다.

연로하신 나이에 약물과 정력 식품까지 동원해 무리수를 두는 바람에 요도관에 부하가 걸렸다. 세균 감염이 일어난 것이다. 약에 쓰인 처방 제목은 '비임균성 요도염', 약을 받은 사람 이름은 진병국 실장. 그래도 체면이 있다고 추접스러운 건 부하들에게 떠넘긴 모양이었다.

식귀1의 특용 카테고리에서 무슨 그라를 크로스 체크 했다. 그날 먹은 뭐뭐그라가 있었다. 그것 외에도 다양한 그라가 나왔다. 중국산도 있고 유럽산에, 더 나아가 아프리카산까지 있었다.

"⋯⋯!"

이런 식귀의 능력이라니.

일타쌍피.

왜 홍태리가 첫 의뢰로 날아온 것인지 그 내력까지도 감을 잡게 되었다. 어쩌면 홍태리, 윤 회장 말고도 다른 수컷 섭취물(?)이 있을지도 몰랐다. 그렇다면 그녀를 깨는 건 신의 과업일 수도 있었다. 걸신 스님이 돌연 존경스러워졌다. 그런 스님을 모시던 어머니도 마찬가지였다.

푸훗!

오랜만에 후련한 웃음이 나왔다. 부장판사의 반수락을 받은 것만 해도 승산이 있는 판에 윤 회장의 치부까지 잡은 것이다. 애써 참았다. 표정 관리가 필요한 때였다.

"무슨 일로 왔냐니까?"

전후 사정을 모르는 윤 회장이 짜증부터 쏟아냈다. 그의 눈에 창규는 '하찮은' 변호사 나부랭이에 지나지 않았다.

"그게……."

진 실장이 나서는 걸 창규가 막았다. 이제는 그가 갑이 아니었다. 짧은 동안에 천지가 개벽을 한 것이다.

"좋은 소식을 가져왔습니다."

창규의 목소리는 한결 느긋하게 변해 있었다.

"좋은 소식?"

"어디 조용한 데서 말씀을……."

"자네하고의 볼일은 끝났어. 선금으로 가져간 돈이나 내놔."

매정하게 돌아서는 윤 회장. 창규는 긴 설명 대신 녹음을 켜놓았다.

―자네의 이름이?

―강창규입니다.

―강 변호사가 말하던 사건은 변호인단이 바뀌는 것으로 알고 있는데?

부장판사의 목소리가 나왔다. 그제야 윤 회장이 돌아보았다.

"새로 판결을 맡게 된 이재명 부장판사입니다. 알고 계시죠?"

창규가 볼륨을 조금 더 올렸다. 꼭 필요한 부분이었다.

―강 변호사 요청에 타당한 변론까지 준비한다면 검토해 보겠네.

검토해 보겠네.

녹음 재생은 거기서 끝냈다. 윤 회장의 눈매가 두툼하게 구겨졌다.

"이재명 부장판사?"

"예."

대답하는 창규의 목소리는 청명했다.

"실형은 면하게 해주겠다는 건가?"

"회장님이 저를 어떻게 대우하느냐에 달렸겠지요."

"……."

"……."

"이 사람아, 뭐 해? 강 변을 안으로 모시지 않고."

윤 회장의 태도가 돌변했다. 벽에 붙은 바퀴벌레를 보는 듯한 시선에서 귀빈을 대하는 자세로 바뀐 것이다.

밀담의 장소는 서재에 준비되었다. 윤 회장이 뜸을 들이는 동안 창규는 노트북으로 워드를 작성했다. 몇 가지 핵심을 적는 것이니 오래 걸리지 않았다. 잠시 후에 윤 회장이 들어섰다. 함께 들어온 사모님 손에는 럭셔리한 차도 들려 있었다.

"그 차지?"

윤 회장이 자리에 앉으며 물었다.

"그럼요. 청와대 VIP께 올린 차예요."

사모님이 웃었다.

"드시게."

윤 회장이 차를 권했다. 손의 방향과 각도도 공손했다.

"그래, 어떻게 얘기가 진행된 건가? 대통령이 와도 안 되는 인간이라기에 물 건너간 걸로 알았는데……."

"그게 변호사의 능력 아니겠습니까? 위기를 기회로 반전시키는."

"좀 자세히 얘기해 보게나."

"그분 성향을 분석해 죽기 살기로 변론을 펼쳤지요. 처음에는 거들떠보지도 않더니 제 변호사 자격을 걸고 회장님 노모와 어린 딸의 육필 도박 근절 보증서를 내겠다고 하자 다소 누그러지더군요. 그 여세를 몰아 반수락을 받은 겁니다."

"이야, 강 변, 이제 보니 불도저가 따로 없구만. 이번 기회에 우리 회사 고문 변호사 한자리 더 마련하겠네. 같이 좀 맞춰 가자고."

"그 말씀을 진작 해주셨으면 좋았을걸요."

창규가 슬쩍 염장을 질렀다.

"섭섭한 게 있었다면 이해하시게. 사실 진 실장 저 인간이 워낙 무데뽀라서……."

"개는 주인을 닮는다고 하는 말이 있더군요."

노골적으로 도발 모드를 유지하는 창규. 그동안 당한 걸 생각하면 펄펄 끓는 차를 윤 회장 얼굴에 뿌려도 모자랄 판이었다.

"맺힌 게 많으시군."

"회장님이야 고매한 인품의 소유자시니 모르겠지만 저처럼 평범한 인간이 가족까지 납치된 마당에 보이는 게 있겠습니까?"

"납치라니?"

"아닙니까?"

"허어, 진 실장이 또 무리를 한 모양이군. 뭔지 모르지만 내가 사과하겠네."

"사과와는 별도로 이 계약에 대해 새 계약을 체결해 주시길 원합니다."

창규가 새 계약서를 내밀었다.

"이러지 않아도 우리 계약은 유효하네. 자네가 조율을 해주면 내 고문 변호사가 모양새를 갖춰 마무리를 할 걸세. 진 실장에게도 처음 조건대로 이행하라고 지시하겠네."

"그것 가지고는 안 되겠기에 말씀드리는 겁니다."

창규의 목소리에 힘이 들어갔다.

"안 된다니? 돈을 더 달라는 건가?"

"계약의 생명은 상호 존중과 신의 성실인데 그걸 어기셨지 않습니까?"

"강 변, 그거야 이 사건의 추이상……."

"수임과 상관없이 저를 식용 직전의 개돼지로 취급했습니다. 어제 부하 직원들에게 똥개 취급을 당한 진단서만 해도……."

이번에는 상해 진단서까지 포개놓는 창규.

"그건 내가 별도의 성공 사례금으로 갈음해 주겠네."

"납치 포비아를 평생 후유증으로 간직하고 살 제 아내와 딸은요?"

"허, 거참……."

"깔끔하게 5억 더 얹어주십시오."

창규의 배팅이 나왔다. 돈에 대한 욕심이 아니라 오기의 발산이었다.

"5억?"

윤 회장이 고장난 스프링처럼 발딱 튀었다. 제 본성이 나온 것이다.

"강 변, 알 만한 사람이 왜 이래? 내가 새로운 변호인단 꾸리는 거 알잖아? 그들 중에는 실형을 면하게 해줄 능력자도 있어. 좋은 게 좋다고 기왕 계약한 사이라 넘어가 주려고 했더니 이거야 원."

윤 회장이 넌지시 불쾌감을 표했다.

"이 사건을 자연뽕 정도로 생각하신다면 그분들과 진행해도 좋습니다."

자연뽕이란 '자연스럽게 잘 풀리는 사건'을 지칭한다. 구속영장이 청구된 사건이지만 정황으로 보아 영장이 기각될 수밖에 없거나 불기소로 끝날 사건. 하지만 이 건은 한참 달랐다.

"야, 이 새끼, 강 변. 너 보이는 게 없어?"

기어이 천박한 본성이 폭발하는 윤 회장이었다. 매사 자기중심적으로 살아온 인간이니 인내의 바닥이 오래갈 리 없었다.

"제 눈은 멀쩡합니다만."

"그런데 어디서 개수작이야? 말이 났으니 말이지 담당 판사 바뀌면서 내가 마음고생 얼마나 한 줄 알아? 위자료로 따지면 몇백억으로도 안 될 판이야. 애당초 계약을 유지해 주는 것만 해도 황공한 줄 알아야지!"

"제 말이 그겁니다. 애당초 계약 때보다 더 많은 게 물려 있어서 그러는 거 아닙니까?"

창규는 냉정하게 받아쳤다.

"뭐라?"

"잊으셨나 본데 이 사건은 형사사건입니다. 금액으로 보아 실형을 면하기 어렵죠. 잘 아시지 않습니까?"

찬규가 넌지시 현실을 상기시켰다.

"그래서?"

"예고편부터 말씀드릴까요?"

"무슨 예고편?"

"이걸 보시죠."

창규가 노트북 화면을 내밀었다. 신문 타이틀처럼 정리된 식귀들의 자료 몇 가지였다.

응?

생각 없이 활자를 보던 윤 회장, 해골에 금 가는 소리가 들렸다.

쩌억!

쩌저적!

6. 승소머신 전격 버닝

"이, 이거……."

당황하는 면전에서 워드 화면을 닫아버렸다. 창규는 느긋하게 썰을 풀기 시작했다.

"하늘이 도왔는지 윤 회장님에게 목숨을 협박당하자 뉴스타파 쪽에 관여하던 지인에게서 굉장한 제보를 들어왔지 뭡니까? 회장님 카지노 도박 자금 말입니다. 그거 문재엽 장관님께 배달 가던 거마비… 아니, 그냥 까놓고 말하겠습니다. 급행료의 일부더군요."

"……!"

"워낙 친한 사람이라 잠시 입을 막아뒀지만 맨입으로야 되겠습니까? 1, 2천으로 될 사안도 아니고……."

"……."

바로 이마의 식은땀을 씻어내는 윤 회장.

"본 편은 홍태리입니다!"

창규는 올가미줄을 조금 더 압박해 들어갔다.

"홍태리?"

회장의 식은땀은 어느새 볼을 타고 내려와 홍수를 이루고 있었다.

"곧 결혼 발표 하는데 왜 회장님을 찾아왔을까요?"

"뭐라?"

"어쩌면 홍태리, 결혼에 회장님 승낙 내지는 인준이 필요했을지도 모르지요."

"뭐라?"

"별장의 침대… 훌륭하더군요. 이상한 관계만 아니었다면 그 로맨스도 나름 낭만적이었을 텐데……."

"뭐라?"

"빨간 벽돌의 별장 내실… 시간에 맞춰 함량 높은 무슨 그라를 먹고 세 시간이나 야수처럼 들이대던 남자와 신인 가수. 그 둘은 과연 누구였을까요?"

"강 변."

"그때, 여자 몸은 이상이 없었지만 더블 헤더, 따따블 헤더 등 너무 달리는 바람에 병원도 다녀오셨죠? 비임균성 요도염으로 일주일 처방을 받았던데 이름은 부하 직원으로……."

"……."

"그 또한 제보에 담겨 있더군요. 자기는 이 일에 관련이 없지만 제 일이 만족스레 해결되지 않으면 자기가 나서주겠다고……."

"……."

"마지막으로 이 부장판사가 제 변호사 자격을 담보로 받았다는 거 상기해 주시기 바랍니다."

"계약서 다시 쓰지."

윤 회장의 결단이 나왔다. 일급 보안 사항이던 두 개의 비밀. 하나도 아니고 둘인 바에야 창규의 조건을 들어줄 수밖에 없었다.

"고맙습니다."

"계약서에 명기하게. 수임 과정에서 알게 된 사생활에 대해서는 절대, 일체, 무조건 발설하지 않겠다고."

"그야 훌륭한 변호사의 기본이죠. 아까 말한 대로 노모와 딸, 사모님의 육필 보증서를 준비하십시오. 나아가 도박 근절 프로그램 이수와 정신과 상담도 병행하셔서 기록을 만드셔야겠습니다."

"이봐. 아내는 몰라도 노모와 어린 딸까지 보증서를?"

"아니면 실형 사시려고요?"

"……."

"다 알아보셨을 거 아닙니까? 이 판사 성향이 어떤지… 자 칫하면 도로아미타불입니다."

"프로그램 이수와 정신과도?"

"그래야 앞으로 다시는 도박하지 않을 거 아닙니까? 회장님 인생에 도박 도(賭) 자가 한 번만 더 나오면 끝장입니다."

"끄응."

"그 전에 제 아내와 딸이 있는 곳에 전화부터 넣으시죠. 당 장 고이 돌려보내라고."

"아, 알았네."

신음을 토한 윤 회장이 전화를 들었다.

"됐나?"

통화가 끝나자 창규를 노려보는 윤 회장.

"그럼 사인을."

—5억 추가!

—수임과 관련된 일체의 일은 상호 공개 하지 않을 것을 서약.

—만일 공개 시에는 수임료의 2배로 상호 변상 할 것을 서약.

윤 회장이 원하는 내용까지 쿨하게 추가한 창규가 계약서
를 밀어주었다. 윤 회장은 종이가 찢어져라 사인을 하고는 밀
쳐 버렸다.

쾅!

윤여도를 위한 자필 보증서에 손바닥 지장을 찍었다. 후려
패는 소리가 기가 막혔다.

"샘플입니다. 노모와 사모님, 따님의 것을 준비하시는 데 필
요할 겁니다. 수임 의뢰에 감사를 드립니다."

창규는 변죽까지 울려준 후에야 서재를 나섰다. 휘파람이
나왔지만 그건 참았다. 불난 집에 부채질까지 하는 건 정의로
운(?) 변호사의 매너가 아니었다.

하지만 한 가지는 참지 않았다. 정원에서 서성거리는 진 실
장이었다. 그는 부하 셋을 현수막처럼 거느리고 있었다. 창규
를 개 패듯 패던 그 인간들이었다.

"회장님께 지시받았죠?"

"사모님과 따님은 곧 집으로 돌아오게 될 겁니다. 억!"

대답하던 진 실장의 턱이 돌아갔다. 창규의 싸대기 난타가
작렬한 것이다. 발끈하며 돌아보는 얼굴에 이번에는 폭풍 연
타가 들어갔다. 좌우 동시 타격이었다.

'씨발.'

그의 얼굴근육이 팍 꼬였다.

"꼬우시나? 그럼 폭행죄로 고소해도……."

"아닙니다. 유선이 일은……."

유선은 윤 회장의 여비서이자 조카. 아픔 속에서도 그 일만
은 걱정이 되는 모양이었다.

"당신 하는 거 봐서 결정할 생각이야. 앞으로 알아서 처신
하라고."

톡톡!

어르듯 뺨을 쳐주며 디스하는 창규. 방금 한 말에는 많은
의미가 담겨 있었다. 실장을 거칠게 밀쳐낸 창규, 그 옆에 포
진한 인간들을 정조준했다.

퍽!

쩍!

세 인간의 정강이와 사타구니를 차근차근 내질러 주었다.
한 놈은 알이 터진 건지 콧물을 줄줄 흘리며 넘어갔다.

그제야 분이 풀린 창규가 정원을 나섰다.

"에이, 씨… 나무 아깝다."

소나무를 보며 중얼거렸다. 우아한 기품으로 자라는 소나
무. 양아치들의 탐욕에 오염될까 진심으로 우려가 되었다.

"미혜 씨!"

차 앞에서 전화를 걸었다. 핸드폰에서 꾀꼬리의 비명이 울
려나왔다.

―까악, 정말요?

"그래. 내일부터 출근할 수 있겠어? 바쁘면 천천히 와도 고맙고……."

―무슨 소리예요. 내일 당장 출근할 게요. 사무실 열쇠 비번 안 바꿨죠?

"당연하지."

―고마워요. 변호사님, 파이팅!

미혜의 들뜬 목소리가 창규 귓전을 울렸다. 이 아가씨는 정말… 대책 없는 창규 지지자였다.

창규는 아파트 거실에 있었다. 두둑을 꺼냈다.

'이걸 불면…….'

두 혼귀왕을 만날 수 있을까? 당장 확인할 생각은 없었지만 홍태리 때문에 불지 않을 수도 없었다. 첫 의뢰였기에 확인이 필요했다.

거실 주변을 보았다. 그냥 익숙한 공간이다. 두 혼귀왕을 만났던 고태산과는 멀고 또 멀었다. 그런데 그들이 올까? 아직 야심하게 깊은 밤도 아닌데?

해보면 알겠지.

'후우!'

깊은 심호흡을 하고 두둑을 잡았다.

뚜우후후, 푸후우우!

소리가 났다. 다시 들어도 절절한 소리였다. 어쩌면 갈비뼈를 울려 연주하는 듯 이렇게 애달프고 절실할까?

"……!"

잠시 음을 멈췄다. 주변에 변화가 없는 것이다.

한 번 더.

뚜우우 후우우.

소리는 여전하지만 혼귀들이 나타날 기미는 없었다.

'뭐야?'

고개를 들었다. 아니면 귀신들의 시간이라는 자시, 밤 11시 이후에 불어야 하는 걸까? 쩝, 입맛을 다시며 일어설 때였다. 어깨 뒤쪽이 서늘하더니 스산한 느낌이 왔다. 천천히 고개를 돌렸다.

"……!"

숨이 막혔다. 등 뒤를 가득 메운 흑백의 형상들. 두 혼귀왕은 오래전에 그곳에 내려와 있었다.

"언제……?"

창규가 물었다.

"그럼 우리가 노크라도 하고 와야겠느냐?"

"……."

할 말이 없었다. 혼귀가 노크를 하는 것도 이상한 일이었다.

"왜 불렀느냐?"

"아까 본 홍태리……."

"본 혼귀국의 고문 변호사에게 내린 첫 의뢰가 맞다."

"……."

"더 할 말 있느냐?"

"……."

"없으면 가겠다. 그것들, 뒷구멍 행실은 가증스러운 판에 많은 사람들에게 사랑에 대한 헛된 환상을 심어주고 있으니 어떻게든 갈라놓아야 할 것이다."

"하지만 아직 신접도 꾸리지 못한……."

"뿌리를 뽑을 친구가 열매를 걱정하는 것이냐?"

혼귀왕들이 사자후를 토했다.

"의뢰대로 하죠."

창규의 대답이 나오자 두 혼귀왕은 두 줄기의 연기가 되어 사라졌다.

'홍태리. 이석후.'

창규는 두 사람을 떠올렸다. 대한민국 연예계를 휩쓰는 사람들이다. 여심을 흔드는 이석후와 남심을 흔드는 홍태리. 혼귀들의 말마따나 평범한 사람들에게는 환상의 커플이었다. 그런 커플을 아작 내라는 의뢰 접수.

노아의 방주로 비교하자면 비가 그친 후의 수입 번호 No.1

이었다.

'하긴 그 정도는 되어야 혼귀왕들의 첫 의뢰로 어울리겠지.'

어차피 하는 일. 스트레스 받지 않기로 했다. 이건 창규가 살기 위한 정당방위의 일환이었다. 그렇지 않으면 곳곳에 지뢰로 심어둔 암 인자가 폭발한 것 아닌가?

의뢰를 확인한 창규가 아파트 입구로 나갔다. 아내와 딸이 올 시간이었다. 다섯 살 승하가 얼마나 놀랐을까? 몸이 아픈 아내는 또……. 그걸 생각하니 다시 죄인이 되는 창규였다.

그래도 다행이었다. 어쩌면 그 둘은 지금쯤, 낭떠러지에서 낙하해 박살 난 창규의 시신을 앞에 놓고 오열할 수도 있었다. 그것도 아니라면 진 실장의 양아치들이 질질 끌어다 공개 망신을 주었을 것이다. 그 두 가지 태풍을 다 비꼈다.

뿐만 아니라 사무실도 새 출발이다. 그동안 온갖 잡동사니 수임까지 받으며 법무사만도 못하다는 소리를 들었지만 이제는 달랐다. 식귀의 능력을 이용하면 다양한 소송에 승산이 있는 것이다.

생각하는 사이에 자가용 한 대가 입구에 들어섰다. 창문이 열리며 승하가 소리쳤다.

"아빠!"

승하가 뛰어내렸다. 많은 아빠들이 그렇듯이 딸의 겨드랑이를 잡고 번쩍 들어 올렸다. 승하는 새털처럼 가벼웠다.

"승하, 괜찮아?"

창규가 물었다.

"승하 안 괜찮아."

"응?"

"승하 배고파. 아빠는 맛있는 거 해준다고 우리 불렀다면서 왜 여기서 기다려?"

"응?"

"아빠 바보. 여기서 기다리면 전화를 해야지."

승하의 무한 귀요미 작렬이다. 창규는 시큰 젖어오는 눈덩이를 감추며 아내를 돌아보았다.

"당신, 괜찮아?"

"당신은요?"

눈물을 그렁거리며 오히려 창규의 안부를 챙기는 순비. 속이 깊은 그녀였으니 창규의 안위에 문제가 생긴 걸 모를 리 없었다.

"미안. 이제 괜찮아."

"정말이죠?"

"응, 사건 수임에 오해가 생겼었는데 잘된 거 같아. 타. 진짜로 맛있는 거 사줄게."

창규의 손이 자가용을 가리켰다.

"와아!"

승하가 먼저 춤을 췄다. 승하는 두 팔을 벌린 채 좌우로 흔들며 앞서 달린다. 엄마 아빠가 옆에 있다는 자신감이다. 안도감에 창규, 슬그머니 순비의 허리를 당겼다.

"정말 괜찮은 거죠?"

아내가 다시 물었다.

"그렇다니까. 나 이제 변호사에 눈을 좀 뜬 것 같아."

"당신이 그럴 줄 알았어요."

순비가 고개를 기대왔다. 언제나 이렇다. 한마디로 믿어버리니 창규의 자책감은 무한 증폭이었다.

그래.

이제 다시는 찌찔한 변호사로 살지 말아야지.

쌍귀신 먹은 능력으로 법조계에서 한번 떠보자.

승소머신 소리 좀 들어보자.

창규는 용기백배한 마음으로 시동을 걸었다.

최고급 호텔 요리는 비주얼부터 달랐다. 음식이 아니라 미니어처를 방불케 하는 요리들이 나오자 승하가 반색을 했다.

"아빠, 최고!"

어찌나 예쁜지 먹지도 못하고 고민을 한다. 그 모습은 정말이지 짤랑거리는 아역 배우처럼 보였다.

"마셔."

창규가 와인 잔을 들었다. 큰마음 먹고 시킨 한 잔에 12만 원짜리 와인이었다. 승하에게는 생딸기가 올라간 아이스크림이 나왔다. 이 세상에 태어나 딱 네 번째 와보는 럭셔리한 특급 호텔이었다.

처음에는 변호사 시험에 합격한 후였다. 그다음에는 순비에게 청혼하기 위해 이벤트 장소로 사용했다. 이런 장소를 즐기는 건 아니지만 순비를 위해 그러고 싶었다. 세 번째는 개인사무실 개업날의 뒤풀이였다. 창규가 계산한 날은 한 번도 없었다.

처음에는 순비의 축하였고,

청혼 때도 순비가 먼저 계산을 해버렸다.

세 번째 역시 직원들 앞에서 가오 서라고 순비가 계산…….

오늘만은 달랐다. 들어오면서 미리 지배인에게 카드를 맡겼던 것. 오늘만은 정말이지 무늬만 '사' 자인 무능한 남편의 굴레를 벗어나고 싶었다.

"한 잔 더!"

와인 잔을 들었다. 까짓 몇백만 원 나오면 어떠랴? 이렇게 무사하게 셋이 모인 걸 생각하면 억만금도 아깝지 않았다. 게다가 윤 회장이 건네준 5억이 있는 판이었다.

물론 물 쓰듯 쓸 생각은 없었다.

기분은 딱 오늘 한 번이었다. 내일부터는 정말이지 제대로 된 변호사가 될 각오였다. 68패 1승을, 이제부터 100연승, 200연승으로 뒤엎는 절대 승소 변호사.

밤은 서서히 깊어갔다. 분위기도 맞나게 깊어갔다. 승하는 배부름과 사랑에 취했다. 엄마 품에서 곤히 잠이 들어버렸다.

"이제 그만 가요."

순비가 고개를 들었다.

"그래야겠네."

대답하던 창규, 하마터면 의자째로 넘어갈 뻔했다. 순비 때문이었다. 그 볼에 어리는 붉은 빛 때문이었다.

'설마?'

눈을 비비며 다시 확인했다.

'破.'

…는 아니었다. 와인 기운에 조명이 더하면서 착각을 한 것.

"왜 그래요?"

순비가 놀라 물었다.

"아무것도……"

"당신 많이 피곤해 보여요. 우리 그만 가요."

순비가 정리를 하고 나섰다. 하지만 오늘도 불행한 반전이 있었다.

"저기요."

카운터의 여종업원이 창규를 세웠다.

"왜요?"

"아까 맡긴 카드요, 한도 초과인데요."

"……!"

맙소사.

맛나게 마신 와인의 알코올이 쫘악 빠지는 소리였다. 온갖 펑크가 나면서 카드까지 문제가 생겼던 창규이다. 미리 카드 사에 전화해서 마무리를 한다는 걸 깜빡한 것이다.

"내가 넣을게요. 할부로 하면 돼요."

결국 계산은 또 순비가 했다.

"아, 오늘은 아닌데……."

창규가 아쉬움을 토로했다.

"무슨 상관이에요. 당신에게 좋은 일이 생긴 날인데……."

순비가 웃었다. 할 말을 잃은 창규는 순비 어깨를 당겨 안았다. 참 고마운 사람이다. 이마를 비비고 떨어지면서 볼을 확인했다. 그녀의 볼은 무사(?)했다.

'후우!'

안도의 숨이 나왔다. 이런 게 직업의식이라는 걸까?

'하긴…….'

혼귀들과의 계약서에 기입해 둔 안전장치들을 상기시켰다. 두고두고 생각해도 그건 신의 한 수였다. 창규는 비로소 위안이 되었다.

이른 아침, 창규가 집을 나섰다.

"아빠, 안녕히 다녀오세요."

잠이 덜 깬 승하가 배꼽 인사를 했다.

"어우, 우리 승하, 스튜어디스 언니들보다 인사를 더 잘하네? 아빠, 뽀뽀!"

승하를 안아 들고 말했다. 승하는 살구향 나는 입술로 뽀뽀신공을 펼쳤다.

"잘 다녀와요. 운전 조심하고."

순비의 인사가 뒤따랐다. 늘 같은 풍경이지만 전과 달랐다. 이게 심리 상태라는 거였다. 전에는 돈 걱정으로 귀에 들어오지 않던 인사였다. 하지만 지금은 매순간이 명랑하기만 했다.

운전대를 잡자 휘파람이 나왔다. 앞에서 아줌마 초보 운전이 알짱거려도 화나지 않았다.

집에서 밥이나 하지 왜 도로에 기어나와 가지고.

입에 달고 다니던 말을 망각해 버린 창규였다.

처음에는 다 그런 거지.

인간성, 그거 별거 아니었다. 주머니 빵빵하면 인간성도 빵빵해지는 법.

"……!"

지하 주차장에 들어서자 육경육의 주차 자리가 눈에 들어왔다. 일부러 그곳에 댔다. 다른 생각은 없었다. 공동 주차란 원래, 먼저 대는 놈이 임자인 것이다. 게다가 이제 꿀릴 게 뭐가 있는가?

아직 이른 시간의 3층 변호사 사무실. 그 앞에 서서 호흡을 가다듬었다.

회귀…….

그런 생각을 하던 날이 있었다. 과거로 돌아간다. 잘못된 지점에서부터 깔끔하게 다시 시작한다. 가능하면 첫 소송의 날로 돌아가 그걸 뒤집고 싶었다. 모든 불행의 출발점이 거기였다는 생각이 창규를 오래 쫓아온 까닭이었다.

하지만 이 또한 회귀 아닌 회귀였다. 과거의 어느 시점으로 돌아간 건 아니지만 죽음의 문턱에서 대변신을 이루고 컴백한 것 아닌가? 고달픔이라는 홍수는 끝나고 인생을 적시던 똥물은 빠졌다. 새로 돋은 땅에 상륙한 창규였다. 한 쌍의 식귀와 함께.

이제부터 새로운 시작이었다. 그러자면 첫 수임이 중요했다. 혼귀들의 첫 수임은 홍태리와 이석후. 어떻게든 처절하게 성공할 생각이었다. 그게 바로 승소머신으로의 막을 여는 역사가 되는 까닭이었다.

이른 시간, 사무실들은 정적에 휩싸여 있었다. 아니, 딱 한 군데의 사무실은 달랐다. 그곳에서는 환한 조명과 함께 밝은 음악까지 나오고 있었다.

'육경욱 사무실?'

3층에 포진한 8개 사무실 중에서 일이 넘치는 곳은 1호실과 2호실뿐이다. 두 사무실은 종종 밤을 새는 날도 있을 정도였다.

'수완인지 일복인지……'

별생각 없이 걷다가 걸음을 멈췄다. 돈이 없다 보니 가장 싼 구석으로 밀려나게 된 창규. 거기서 닭살이 돋도록 소스라쳤다.

그 밝은 사무실은 창규의 사무실이었다.

딸깍!

문을 열었다. 혹시 육경욱의 사무실을 잘못……. 괜한 자책감에 돌아서려다 멈췄다. 창규의 사무실이 맞았다. 하지만 풍경은 어제와 달랐다. 쓸쓸함이 홍수를 이루던 책상 위에는 작은 꽃병들이 놓였고 창규의 책상은 더욱 풍성했다. 창가에서는 은은하게 풍기는 원두커피 향.

창규의 시선은 자동적으로 미혜의 자리로 향했다. 그녀의 낭랑한 목소리는 뜻밖에도 등 뒤에서 들려왔다. 여전히 꾀꼬리였다.

"변호사님!"

재빨리 돌아보는 창규. 역시 그녀였다. 손에는 물 묻은 밀대가 들려 있었다.

"미혜 씨!"

"왜 이렇게 일찍 오셨어요?"

"그러는 미혜 씨는?"

"보나마나 사무실이 엉망일 거 같아서 일찍 왔어요. 역시나
네요."

"그래도……."

"변호사님 얼굴은 좋아 보이네요. 앞으로도 그렇게 사세요.
의뢰 없다고 낙담할 때, 정말 보기 안 좋았거든요."

"그랬어?"

벽의 텔레비전에는 홍태리와 이석후의 결혼 인터뷰가 나오
고 있었다.

─저희 정말 예쁘게 잘살게요. 궁합 같은 거 안 믿지만 최
고로 좋다네요.

─하느님이 내려준 사랑입니다. 이 마음 죽을 때까지 변치
않고 태리의 수호 기사로 살겠습니다.

홍태리와 이석후는 다정함의 극치로 보이는 포즈를 취했다.
키스 또한 환상처럼 보였다.

"좀 비켜주시겠어요? 바닥에 먼지가 많아서. 이거 홀아비

냄새랑 비슷하네?"

"응? 응……."

"죄송해요. 말이 심했나요?"

방긋 웃은 미혜가 텔레비전 대신 음악을 틀었다. 신바람 나는 라데츠키 행진곡이었다.

"아니야, 그건 내가 할게."

창규가 밀대를 뺏어들었다.

"안 돼요. 변호사님 체면이 있지."

"체면은 무슨… 대신 미혜 씨는 커피나 한 잔 챙겨줘. 그 커피 생각나는 거 있지."

"알았어요. 진하게 한 잔 타드릴게요."

쪼르륵!

커피 따르는 소리를 들으며 밀대질을 마쳤다. 소파에 앉아서 마시는 커피가 제맛이었다.

"미혜 씨!"

잔을 내려놓은 창규가 미혜를 보았다.

"더 드려요?"

"아니, 여기 좀 앉아봐."

"왜요?"

"이거 받아."

창규가 내민 건 돈 봉투였다.

"어머, 돈이잖아요?"

"그동안 대우도 제대로 못 해줬잖아? 시간 외 수당이나 보너스 같은 것도 못 줬고… 그래서 조금 넣었으니까 성의로 알고 받아둬."

"안 돼요. 변호사님 어려운 거 제가 다 아는데……."

미혜가 봉투를 밀어놓았다.

"왜 이래? 나 윤 회장 의뢰, 다시 따왔어. 의뢰비도 더 받는 조건으로."

"네에?"

미혜가 파뜩 고개를 들었다. 믿기지 않는다는 표정이었다. 하긴 쉽게 믿기 어려운 일이었다.

"혹시 또 대출……."

조심스레 확인하는 미혜.

"아니라니까."

"괜히 저 달래려고 하시는 말씀이라면… 저는 진짜 괜찮아요. 잠깐 다른 알바하면서도 변호사님 생각 많이 했는데 다시 오라고 해서 얼마나 좋았는데요. 그래서 잠도 잘 못 자고 새벽처럼 왔거든요."

"이제 파리 날리는 일 없을 거야. 그러니까 제대로 한번 해보자고."

"변호사님……."

"진짜라니까. 내가 극적으로 기연을 만나서 수임은 물론이고 승소머신되는 비기까지 마스터하고 왔다고."

"……."

똑똑!

그때 노크 소리가 들렸다. 들어선 사람은 진 실장이었다. 그는 직원을 대동하고 있었다.

"웬일이시죠?"

창규가 느긋하게 물었다.

진 실장이 눈짓을 하자 직원이 들고 있던 꾸러미를 내려놓았다.

"뭡니까?"

"회장님이 전해주라더군요. 강 변호사님 몸이 튼튼해야 소송이 제대로 될 거라고."

"……."

"오늘 강성갑 고문 변호사님이랑 미팅 모임 시간 아시죠? 모시러 올까요?"

"허접때기 변호사를 뭐 그렇게까지야."

"아이고, 왜 이러십니까? 회장님 특명이 계셨다니까요."

"차는 내 차로 가면 되니까 필요 없고… 앞으로나 사람 쪽정이로 보지 마세요."

"고맙습니다. 그럼 저는 이만……."

진 실장은 마치 조선시대 상전이라도 대하는 듯 허리를 조아리고 퇴장을 했다.

선물은 한두 가지가 아니었다. 송이버섯과 석청을 비롯해 여러 가지 귀한 걸 바리바리 챙겨 보낸 것이다.

'법원에 알아봤군.'

창규는 바로 감을 잡았다. 이재명 부장판사 쪽에 간을 본 모양이었다. 그쪽 분위기가 창규의 말과 다름이 없자 미소 작전으로 돌입했다. 일이 이렇게 된 바에야 창규를 챙기는 게 실리적이라고 판단한 것. 처세의 달인다운 행동이었다.

"변호사님⋯⋯."

그 광경을 본 미혜의 눈시울이 붉어졌다. 본의 아니게 진 실장이 창규 말을 즉석 인증해 준 셈이었다.

"봤지? 나 이런 사람이야."

창규가 괜한 똥폼을 잡았다. 건방을 떨자는 게 아니라 미혜를 안심시키려는 마음이었다.

"아무튼 정말 잘됐네요. 윤 회장님 의뢰만 잘 풀리면 다 원만히 해결될 거라더니⋯⋯."

"앞으로 나 이혼소송도 많이 하게 될 거야."

"예?"

"기연이 그러더라고. 그쪽을 중점적으로 하면서 다른 사건들을 맡으면 대박 날 거라고."

"변호사님······. 점 봤어요?"

"점도 보고 관상도 보고 스님도 만나보고······ 볼 건 다 봤지."

"허얼."

"아아, 뭐 그렇다고 죽자 살자 이혼소송만 하겠다는 건 아니야. 그럴 것 같다는 거지."

"저야 뭐 아무래도 좋아요. 변호사님만 잘된다면."

"사무장도 새로 모시고 직원도 하나 더 써야겠지?"

"그거야······."

"나도 알아볼 테니까 미혜 씨도 안테나 좀 세워봐. 김만태처럼 닳고 닳은 인간 말고 인간미 넘치는 사람이면 좋겠어."

"저도요. 김 사무장님은 변호사님을 우습게 알잖아요."

"그랬어?"

"그럼요. 여기서는 자기가 실질적으로 변호사라고······."

"하긴 그렇게 말할 만도 했지."

창규가 웃었다. 그랬을 것이다. 사무장으로 모셔온 닳고 닳은 김만태. 신참 개업 변호사인 창규를 허접때기로 알았다. 사건도 그가 물어왔으니 더욱 그랬다. 돌아보면 사무실의 갑은 김만태였다. 창규는 그저 이름 걸고 운영자금 대는 바지 변호사였을 뿐.

"그래도 덕분에 내가 내공 좀 쌓았잖아? 풍파를 겪고 나니까 좀 더 단단해진 것 같지 않아?"

"그건 그래요."

"하핫, 좋게 보자고. 긍정의 힘."

"정말 무슨 일이 있었던 거예요? 변호사님 닦아세우던 윤 회장님이 선물을 다 보내고, 변호사님 행동과 표정도 여유가 넘치고… 짧은 시간에 너무 많이 변했어요."

"점 봤다니까."

"변호사님."

"궁금해?"

"네."

"실은 귀신을 먹었어. 그것도 둘이나."

"네?"

"귀— 신!"

창규는 또박또박 말할 만큼 진지했지만 미혜는 배를 잡고 웃었다.

"아, 미혜 씨, 이석후 좋아하지?"

결국 화제를 돌리는 창규.

"연예인 말이에요?"

"응."

"좋아하면 뭐 해요? 홍태리하고 결혼해 버렸는데… 아까 방송 못 봤어요? 짝 없는 사람 서러우라고 그렇게까지 티를 내냐."

"두 사람 이혼 건, 사무실 새 출발 기념으로 우리가 맡게 될 거야."

"이혼요? 결혼하자마자요?"

미혜가 눈을 동그랗게 뜨며 물었다.

"응!"

"변호사님……."

"나 제정신이야. 두고 보라고. 그 두 사람 이혼 건, 우리가 맡게 될 거니까. 이석후 사인 필요하면 받을 기회가 올지도 모르겠네."

잘라 말한 창규가 일어섰다. 윤 회장 변론 건은 두 변호사가 한 팀. 표면상 메인 변론을 맡을 고문 변호인을 만날 시간이었다.

창규가 나가자 사무실에 혼자 남은 미혜가 봉투를 보며 중얼거렸다.

"우리 변호사님… 머리가 어떻게 됐나? 아닌데… 개싸가지 진 실장이 벌벌 기는 걸 보면 쌩구라는 아닌 거 같고……."

돈도 진짜고.

미혜의 눈은 5만 원권으로만 이루어진 300만 원에서 떨어지지 않았다.

징역 1년 6월에 집행유예 3년.

윤 회장 재판은 차상의 결과로 해결이 되었다. 본시 그의 도박 금액 규모로 보아 실형을 면하기 어려운 형사사건. 그러나 이 판사의 '예우' 덕분에 살았다.

구린 냄새가 난다!

몇 곳 언론사의 기자들이 각을 세우고 후각을 들이댔지만 별다른 '뒷거래 통로'를 찾지 못했다. 창규 때문이었다.

통상 죄질에 비해 형량이 가벼우면 전관예우를 먼저 의심했다. 하지만 창규는 내세울 것 없는 국가 대표 찌질 변호사. 전관예우와의 거리는 지구에서 안드로메다만큼 멀었다.

창규와 팀을 이룬 강성갑 변호사 역시 오랜 기간 윤 회장의 고문 변호사 역할을 해온 사람. 전성기에는 몰라도 이제 와서 전관예우까지 상상할 수 없는 인물이었다.

다음으로 '연'을 물고 늘어졌다. 이 경우에는 오히려 전임 담당 판사가 죽은 게 도움이 되었다. 이 판사는 창규와 학교 선후배 관계도, 친인척 관계도 아니었던 것.

여기에 창규의 지능적 물타기도 한몫을 했다. 평소 호의적이던 배달일보사의 도 기자에게 읍소를 했던 것. 도 기자는 과거의 비슷한 전례 두 개를 기사에 끼워 넣어 사안을 희석해 주었다. 나중에 창규가 찾아가 맥주 한잔 대접한 건 물론이었다.

"강 변."

재판이 있은 다음 날, 윤 회장이 창규를 불렀다. 윤 회장이

단골로 가는 일식집이었다. 윤 회장은 고문 변호사 강성갑과
함께였다.

"한잔 받지."

윤 회장이 사케잔을 내밀었다. 일본에서 갓 공수한 올해 최고
의 사케라고 했다. 일본 술을 좋아하지는 않지만 받아 들었다.

"수고했네. 두 강 변이 나를 살렸어."

"별말씀을……."

"돈은 나가면 차에 실려 있을 걸세. 헌 돈으로 채워놓았어."

"고맙습니다."

"인연이란 게 참 묘하군. 우리가 결국 이렇게 연결이 되다
니……."

우리!

오늘따라 묘한 이질감을 주는 단어였다.

간단히 인사치레를 끝내고 헤어졌다. 차로 돌아온 창규가
트렁크를 열었다. 현수막을 재활용해서 만든 가방이 보였다.
두 가방에 5만 원권 다발이 빵빵했다.

체크를 했다. 누군가를 등친 구린 돈이라면 나중에 다시 문
제가 될 일. 다행히 문제가 없는 돈이었다. 비로소 성취의 기
쁨이 밀려왔다.

승소…….

이런 게 승소로구나.

인사도 받고 유명세(?)도 챙기고 돈도 챙기고.

법조인의 양심에 남을 치적은 아니었지만 짜릿했다. 패소해서 사무실이 뒤집히는 것보다야 백배는 나았다.

윤 회장⋯⋯.

그가 간 길을 향해 꾸벅 인사를 했다. 윤 회장이라는 인간에게 보내는 예의가 아니었다. 돈이 고마워서 그러는 것도 아니었다. 창규의 예의는 절박했던 인연에 있었다.

"단귀 먹으면 소박, 쌍귀 먹으면 대박이 날 거야."

윤 회장이 아니었다면⋯⋯.

창규는 그날의 일을 되돌려 보았다.

윤 회장이 몰아넣은 자살 일보 직전의 순간. 그때가 아니었으면 어떻게 혼귀를 만났을까? 따지고 보면 그날 시작된 인생 2막은 윤 회장으로부터 시작된 것이기도 했다. 그렇기에 혼귀를 만났고, 쌍식귀를 받아들였다. 그렇기에 이 판사의 아킬레스건을 찾았고 진 실장과 윤 회장의 약점을 볼 수 있었다.

하늘을 보았다.

휘영청 달이 밝았다. 달은 본시 음의 상징. 그 달을 향해서도 꾸벅 예의를 갖췄다. 이건 두 혼귀왕과 쌍식귀에게 보내는 것이었다. 묵은 체증을 후련하게 벗어놓은 창규. 이제 식귀의 능력을 품고 승소머신으로서의 시대를 열 차례였다.

─소송 분야: 이혼.

─소송 대상: 인기 초절정의 연예인 홍태리 이석후.

─소송 목적: 혼귀왕들이 찜한 무늬만 닭살 잉꼬부부 심판.

창규의 눈은 신혼여행에서 돌아온 홍태리와 이석후를 겨누고 있었다.

새 세상에 상륙하고 첫 수임.

'원망 말라고.'

'나도 살아야 하거든.'

혼귀들이 심어둔 핵폭탄을 벗어나는 길은 한 길뿐이었다.

식귀의 능력 테스트를 3탄까지 끝낸 창규. 첫 수임에 시동을 거는 심장이 거칠게 뛰었다.

이혼……

새벽처럼 출근해 전열을 가다듬었다. 식귀를 통해 신이한 능력은 확보되었다. 하지만 핵심은 여전히 법과 변론이었다. 창규는 변호사이지 브로커나 협박꾼이 아닌 까닭이었다. 변호사의 품위에 맞추려면 법률관계 속에서 움직여야 한다. 그래야만 법조인의 스펙과 명예로 쌓일 판이었다.

윤 회장의 해외 원정 도박사건.

찌질한 애송이 변호사의 쾌거.

그 일은 천천히 법조계에 알려질 것이다. 아니, 전처럼 한

푼이 아쉬울 때는 창규 쪽에서 먼저 스펙으로 까발릴 수도 있었다.

100% 구속될 사안의 실형을 막은 변호사가 바로 납니다.

나를 통하면 형량을 반으로 줄일 수 있습니다.

구속은 막아드리죠.

화려하게 차려진 떡밥을 던진다. 의뢰인이 물면 시간 차 공격에 나선다.

활동비가 필요합니다. 현찰로 주셔야 합니다.

수임료는 다른 변호사 비용의 다섯 배, 착수금으로 미리 주셔야 합니다.

다섯 배?

에라, 이 날강도 새끼야. 니가 변호사냐? 칼만 안 든 강도지.

전 같으면 그런 생각이 들어 간이 오글거릴 창규였다. 하지만 이제 그런 생각은 접었다. 양심 팔아봤자 돈은 나오지 않는다.

돈 많은 고객들의 주머니는 닥치고 후려 먹고, 돈 없고 억울한 무전유죄 피의자들은 사안을 가려 실비로 구제하면 될 일이었다. 어차피 부자들은 돈이 중요한 게 아니다. 양심 같은 거 내세우고 싸게 수임해 봤자 패소하면 서로가 손해다. 설령 지나치다 싶은 수임료는 기부라는 면피처를 이용할 생각이었다.

법조인 기부왕 강창규.

덤으로 얻을 수 있는 타이틀.

생각만 해도 흐뭇해지는 상황이었다.

법조인들 중에 누가 기부로 유명한가?

하나도 기억나지 않았다.

당신은?

역시 기억나지 않지?

지상에서 가장 이기적인 인간들이 법조인이라는 말이 괜히 나왔겠어?

그렇기에 실현하기 불가능한 일이 아니었다. 어느 정도만 내도 부각될 수 있는 조건이었다.

—대한민국 법원은 유책 주의를 원칙으로 한다.

첫 번째 대명제를 메모했다. 이혼법은 그리 낯설지 않았다. 과거 남의 사무실에서 막변으로 일할 때 찌질한 이혼소송 둘을 진행한 경험이 있었고, 개변이 된 후에도 몇 건의 수임이 있었다.

이혼 첫 수임은 유책 주의라는 대명제에 매달리느라 패소했다. 조정으로 끝났지만 상대방이 원하는 쪽으로 당한 것이다.

이때 상대방 변호사는 파탄 주의를 들고 나왔다. 유책 주의의 예외 기준으로 창규를 공략한 것이다.

당시의 쟁점은 세 가지 예외 중에서 첫 번째 사항이었다.

상대방 의뢰인은 바람을 피웠다. 그럼에도 이혼을 청구했다. 유책 주의에 의하면 혼인 의무에 위반되는 행위를 한 사람은 이혼을 청구할 수가 없는 것.

하지만 창규가 간과한 게 있었다. 의뢰인 또한 혼인의 의사가 간절하지 않다는 점이었다. 의뢰인은 여자였다. 그녀는 단지 바람피운 남자가 잘되는 꼴이 보기 싫어 엿 한번 먹어봐라 하는 오기의 파편을 날린 것. 그러나 그녀는 그걸 숨기고 있었다.

이제와 생각하면 의뢰인에게도 당하고, 상대방 변호사에게도 당한 꼴이었다. 의뢰인은 창규를 속였고, 상대방 변호사는 찌질이 변호사의 허점을 가볍게 공략하고 들어왔다. 법에도 예외가 있다는 걸 절감한 소송이었다.

유책 주의와 파탄 주의.

이혼소송의 핵심이다.

─유책 주의란 상대의 잘못을 입증해야만 이혼을 허용하는 것, 입증이란 최소 70% 이상의 확률로 판사의 공감을 사야 하는 것.

긴 메모가 한 줄 더 생겼다.

하지만!

창규는 그 두 줄의 메모에 줄을 쭉쭉 긋고 'But'이라고 적었다.

유책 주의니 파탄 주의니 하는 것들은 하나의 원칙에 불과할 뿐이었다. 이혼의 핵심은 단 하나.

—내 꼴리는 대로.

이것이 명제였다. 상대로부터 더 많은 걸 챙기는 것이다. 양육권을 원하면 그걸 갖고, 재산을 원하면 더 많은 돈을 뜯어내는 것. 그걸 고상하게 포장하기 위해 유책이니 파탄이니 하는 말의 성찬이 벌어진 것뿐이다.

—이혼의 원칙: 나 꼴리는 대로 이혼하고, 꼴리는 대로 결정하는 것.

창규가 세운 대명제였다.

—닥치고 이혼.

—닥치고 수임료 확보.

—닥치고 의뢰인 중심으로 조정.

세 가지 부제도 세웠다.

'죽이는데?'

원칙을 세운 창규가 피식 웃었다. 혼귀들의 의뢰. 어쩌면 악역이 될 수도 있었다. 이유가 어쨌든 목적을 달성해야 하기 때문. 그러나 선택의 여지 따위는 없었다. 만약 허튼 인정에 물들어 실패하면…….

간, 폐, 전립선…….

창규의 시선이 몸통을 훑었다.

생각만으로도 그 부위가 시렸다. 여차하면 바로 발암되어 단칼에 가는 것이다.

'홍태리와 이석후.'

노트북 화면에 두 스타를 띄웠다. 검색을 하니 기사가 셀 수도 없이 딸려 나왔다. 오죽하면 신혼여행지에서 바나나 하나 사먹은 것도 기사화되어 있었다. 빤쓰는 몇 가지고 무슨 색깔 중심인지, 밥 먹고 물은 몇 모금씩 마시는지 안 나오는 게 신기했다.

창규는 행복하게 웃는 두 사람을 바라보았다.

―꽃길만 가면서 행복하게 사세요.

―진심 천생연분이에요.

―부러우면 지는 거다.

―이석후, 지상에서 최고로 부러운 시키…….

―넘흐 넘흐 잘 어울리는 한 쌍이십니다.

―품절남 이석후, 잘 가라. 내가 너 포기한다.

―품절녀 홍태리, 잘 가라. 이제 자위 모델 바꾸련다.

두 사진 아래 달린 댓글도 끝이 없었다.

흐음…….

어쨌든 둘 중 하나를 골라야 했다. 둘 다를 의뢰인으로 삼을 수는 없기 때문이었다.

어떤 쪽을 고르든 결과는 '이혼'이다. 혼귀들이 찍었고, 홍태리에게서는 결정적 하자도 발견되었다. 하지만 기왕이면 다홍치마. 둘 중, 누구를 의뢰인으로 찍어야 더 많은 수임료를 받을 수 있을까? 그게 고민이었다. 홍태리냐, 이석후냐.

좋은 생각이 났다.

따악!

손가락을 튕겨 소리를 울린 창규가 화면에 비장의 무기를 발사했다. 어릴 때 배운 샤머니즘적인 주문이었다.

"이 똥, 저 똥, 개개똥……."

7. 화려한 가면

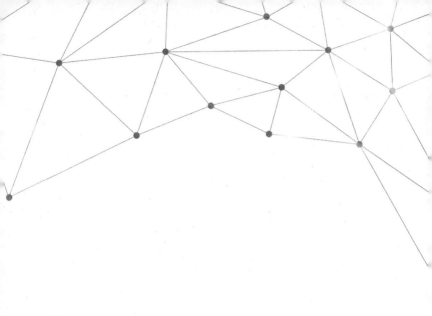

이석후 당첨!

샤머니즘을 바탕으로 한 과학적(?)인 선택이 끝났다. 그건 정말 탁월한 생각이었다. 확률이라는 학문에 경험적인 위안을 올린 판단이었다. 이 일의 시작은 귀신으로 비롯된 일. 그렇기에 샤머니즘적인 방법이 너무나 잘 어울렸다.

그런데…….

타겟을 만나는 건 생각보다 쉽지 않았다. 창규는 그제야 연예인들이 위대하다는 걸 알았다. 유명 연예인의 보안과 접근은 담당 판검사 접견과는 댈 것도 아니었다. 대법원장을 넘어

대통령급 보안이 펼쳐지고 있었다.

'이래서 다들 스타, 스타 하는군.'

인정!

쿨하게 받아들였다.

전화는 연결 실패. 신혼집 앞의 기습 시도도 스토커 팬으로 오해받으며 경호원들에게 폼나게 따돌림을 당했다. 이건 '나 변호사인데 만나서 드릴 말씀이 있습니다'로 해결될 일이 아니었다. '그러세요? 어서 들어오시죠' 하고 응대할 신분들이 아니었다.

'정공법.'

창규가 칼을 뽑았다. 일반적인 수순을 넘어 정면 돌파로 나간 것이다.

"변호사요?"

명함을 받아 든 기획사 이사가 고개를 들었다. 이석후가 소속된 국내 굴지의 연예 매니지먼트 회사였다.

"그렇습니다만."

창규가 담담하게 응수했다.

"이석후 씨에게 소송이 들어왔다고요?"

"그렇습니다."

"무슨 소송인지요?"

"의뢰인의 보호를 위해 직접 말씀드려야 할 사안입니다."

"그럴 리가… 최근에 문제가 되는 계약도 없었고 고문 변호사들 언질도 없었는데……?"

이사는 창규를 데리고 들어온 20대 후반의 여자 대리를 바라보았다.

"제가 알기로도……."

대리는 이사의 주장에 힘을 보탰다.

"잠깐이면 됩니다."

창규는 서두르지 않았다. 조바심을 내거나 초조하면 지는 것이다. 유명 스타를 거느린 매니지먼트 회사가 변호사라고 해서 설설 길 리 없었다.

"개인적인 건가? 이석후 지금 어디 있어?"

"화보 촬영실에 있는데요."

"길게는 안 됩니다."

이사가 못부터 박았다.

"그러죠. 나도 공판에 나가야 해서요."

창규도 장단을 맞춰주었다. 전 같으면 꿈도 못 꿀 대찬 응수였다.

"하하핫!"

"팬들이 아주 난리도 아니에요. 결혼하면 인기가 떨어진다는데 이석후 씨는 반대라니까요. 국민 연예인은 역시 다른 거 있죠."

복도에서 대화 소리가 들리더니 문이 열렸다.

"저분이세요."

대리가 창규를 가리켰다. 창가에 기대섰던 창규는 가벼운 목례로 이석후를 맞았다.

"변호사시라고요?"

대리가 자리를 비키자 이석후가 물었다. 의자를 당겨 앉는 폼이 창규 정도는 껌으로 보는 눈치였다. 스타의 권력이라는 게 실감이 났다.

"예."

사뿐히 응수하며 시선을 들었다. 이석후의 뺨… 거기 있었다. 썩은 분홍빛으로 사위어가는 한 글자의 형상.

破.

홍태리 쪽보다는 생기가 흐리지만 오케이. 확인 끝이었다.

창규가 빙긋 미소를 삼켰다.

"저한테 소송이 들어왔다고요?"

"정확히 말하면 소송이 시작될 것 같다는 거죠. 소송 의뢰가 들어왔거든요."

"소송 시작?"

"이혼소송입니다."

"우리 부모님 말입니까?"

이석후가 물었다. 보아하니 부모님들이 삐걱거리는 모양이었다.

"아뇨. 이석후 씨와 홍태리 씨가 당사자입니다."

"뭐라고요?"

"그리고 이석후 씨는 저를 변호인으로 선임하게 될 겁니다."

"뭐라고요?"

이석후의 표정은 어이상실이었지만 창규는 미동도 하지 않았다. 불덩이와 얼음폭풍, 그 둘이 순식간에 몰아쳐 창규의 혈관에 회오리를 만들어냈다. 귀안(鬼眼)의 리딩이 시작된 것이다.

'가장 이상적인 연예인 커플?'

'개소리.'

'당신들 커플에 대한 검증은 이제부터 시작이거든.'

이석후의 섭취물 카테고리가 정렬되기 시작했다. 이석후도 인간이다. 조각 미남도 먹어야 산다. 식귀1 쪽의 디렉토리 확인은 미뤄두었다. 식귀2 디렉토리에서 굉장한 섭취물이 보인 까닭이었다. 위치는 이성 카테고리. 신혼 초야에 일어난 대박이었다. 여자였다. 홍태리가 아니었다. 홍태리 섭취는 그 여자다음이었다. 불행하게도 신혼 시식을 양보(?)한 셈이었다.

'역시 혼귀들!'

창규 입가에 불꽃 냉소가 스쳐갔다.

'그 여자' 폴더를 체크하자 파일이 열리며 히스토리가 전개

되었다.

신혼 첫날밤의 현지 시각 신새벽 3시 15분, 장소는 허니문 호텔 1101호.

신부를 제치고 먼저 안은 여자. 이석후의 '여자'는 아니었다. 그건 그냥 사고였다. 술에 떡이 되어서 발생한 사고.

신새벽 3시의 먹거리.

식귀1 쪽에 확인 체크를 들어갔다. 시간 옵션을 넣자 맞춤한 폴더 속에 내용물이 정렬되었다.

[양주, 꼬냑, 열대 과일, 생선 구이, 물, 얼음……]

그 시간에 먹은 음식들이 보였다. 꼬냑 파일을 열었다. 함께 마신 사람들이 나왔다. 의심할 여지가 없는 '초대형 사고'였다.

이들은 신혼여행지에서 홍태리의 절친 송소라 패거리를 만났다. 화보 촬영차 와 있던 모델 팀이었다. 축하를 겸해 함께 술을 마시며 놀았다. 외국이라 상대적으로 남의 눈을 의식하지 않아도 되는 자리. 격하게 달리다 보니 단체로 알코올 만땅이 되었다.

술이 약한 홍태리와 송소라의 친구 하나가 먼저 뻗었다. 둘은 먼저 방으로 돌아갔다. 이석후와 세 여자는 끝까지 달렸다. 새벽녘에야 이석후는 방문 앞에 도착했다. 무심코 손잡이를 돌리니 문이 열렸다. 잠기지 않은 것이다.

신부는 아련한 달빛을 받으며 뻗어 있었다. 전혀 연예인답지 않은 비주얼로 적나라하게. 특히 속옷이 이석후 스타일이었다. 인사불성 직전의 몸이지만 그냥 넘어갈 수 없는 광경이었다. 불도 안 켜고 칙칙폭폭 여체 위를 달렸다. 신체 상하 부위를 고루 섭취(?)했다.

도중에 조금 이상한 생각도 들었지만 브레이크를 밟을 수 없었다.

신새벽, 깜박 잠들었던 이석후가 눈을 떴다. 목이 말라 미칠 것 같았다. 절반쯤 기어 미니 바의 물병을 꺼냈다. 물을 마시고 침대에 기어들었다. 그때 여자가 신음을 내며 돌아누웠다. 잠결에도 목소리가 낯설었다.

"……!"

그제야 제대로 알았다. 그건 홍태리가 아니었다. 술이 조금 깬 이석후, 다시 보아도 그건 송소라였다. 어쩌자고 그녀도 눈을 떠버렸다. 이석후와 눈이 마주치자 그녀는 자기 손으로 자기 입을 틀어막았다. 잠시 패닉이 왔지만 사고는 이미 과거형이었다.

우리가?

둘의 눈이 한마음으로 말했다.

사고 친 거야?

눈의 언어가 이어졌다.

아, 난 몰라.

송소라의 미간이 구겨지자 이석후의 손가락이 입술에 세로로 섰다.

비밀이야.

알지?

그 사인이었다.

여자의 황당함을 뒤로하고 이석후는 방을 나왔다. 바로 앞방 문의 호실을 확인했다. 키를 꺼내 보았다.

1107.

이 번호가 맞았다. 뒤를 돌아보았다. 1101. 술김에 어둑한 복도에서 숫자를 착각한 것이다. 문이 잠기지 않은 까닭에 그리된 것이다.

다행히 홍태리 역시 평소의 단아한 이미지와 전혀 어울리지 않는 모습으로 잠들어 있었다. 일단 옆에 누웠다. 가슴이 두근거렸다.

아, 그놈의 술…….

양주에서 꼬냑으로 넘어갈 때 파장을 했어야 했다.

후회와 갈등이 폭풍 믹서가 되는 즈음에 홍태리가 몸을 뒤척거렸다. 손에 이석후가 닿자 그의 품으로 파고들었다. 얇은

티를 입었다지만 볼륨이 신랄하게 전달되는 상황. 갈등하는 사이에도 똘똘이가 핏대를 올리며 빳빳이 일어섰다.

에라, 모르겠다.

이석후는 때늦게 신혼 초야의 의무를 치루기 시작했다. 그리고 큰대자로 뻗어버렸다. 술 하나만 해도 버거운 판에 두 여자와의 거사는 무리였다.

대형 사고의 전모는 그랬다.

점심때가 지나서야 부스스한 꼬락서니로 일어선 이석후. 입에서는 아직도 술 냄새가 스멀거렸다. 일단 홍태리의 눈치부터 스캔했다. 홍태리는 아무것도 모르고 있었다. 밖으로 나와 송소라의 눈치도 살폈다. 그녀의 눈이 비밀스레 말했다.

우리 아무 일도 없던 걸로 해요.

오케이!

한 번뿐인 인생. 쿨하게 살자고.

긁어 부스럼 만들 필요 없지.

이심전심 가득한 눈빛을 나누고 교차했다. 서로에게 득이 되는 일이었다.

그게 사건의 전모였다.

그러나 만취에 의한 돌발.

이석후의 편을 들 생각은 없지만 이것만으로 파경이라면 좀 가혹하다는 생각도 들었다. 법리적으로도 그랬다. 유책 주의를 빌리자면 이석후는, 이혼소송은커녕 그 일을 특급 비밀로 간직해야 했다.

하지만 창규에게 중요한 건 유책 주의니 파탄 주의니 하는 말장난이 아니었다. 홍태리 쪽의 비밀은 따로 짚어내면 그만이었다. 당장은 이석후의 꼬투리를 잡은 게 중요했다. 술에 취했다고 해서 외도가 용납될 수는 없었다. 게다가 체크는 이제 시작인 것이다.

'더 큰 소스가 나올지도…….'

숨을 고르고 다른 여성의 기록을 열었다. 반듯한 이미지의 이석후. 과연 신혼 초야의 돌발 사고뿐이었을까? 그걸 빌미로 혼귀들이 저주의 찜을 한 걸까?

아니!

그렇지 않았다. 혼귀들의 선택에는 명명백백한 이유가 있었다.

'빙고.'

더 큰 아킬레스건을 발견한 창규.

자신도 모르게 손가락을 튕기며 환호했다. 입가에 짜릿한 환희가 스쳐갔음은 물론이었다.

믿기지 않게도, 홍태리 말고도 여자가 많았다.

이석후는 그냥 얌전한 개였다. 그렇기에 부뚜막에 올라간 횟수도 많았다. 스캔들이 드러나지 않은 게 신기했다. 말하자면 자기 관리의 프로페셔널이었다. 아니면 보기보다 확실하게 갑질의 위세를 떨치고 있었던지.

이석후가 꿀꺽한 여자들 중에는 신입 피디도 있고, 신입 방송인, 신인 가수도 있었다. 그들에게 있어 인기 예능 메인 진행자인 이석후는 갑 중의 갑. 알려진 것과는 달리 이석후도 호화찬란한 갑질을 누린 셈이었다. 갑질은 결혼 이틀 전까지도 진행형이었다. 심야 촬영이 끝난 후에 여 피디와 총각 마감 기념으로 총각 파티를 연 것.

"굴러온 돌이 박힌 돌 빼낸다더니 이제 나, 태리 눈치 봐야 해요?"

이석후의 정액을 '흡입'한 여 피디의 말이 의미심장하게 들렸다.

재미난 건 그의 첫 경험이 초등학교 4학년 때였다는 것.

물론 그냥 어른들 흉내에 불과했다.

그렇다고 해도 확실하게 빨랐다. 시청자들에게 알려진 이미지와는 달리 이 분야에서 일찌감치 눈을 뜬 이석후였다.

'후아.'

여자의 비하인드 스토리를 알아낸 창규가 깊은 날숨을 쉬었다. 이거야말로 신안(神眼)이오, 천안(天眼)이었다. CIA의 슈퍼컴퓨터 정보망이라고 해도 이처럼 디테일할 수 없었다.

"이봐요."

이석후는 핏발부터 세웠다. 창규를 개수작이나 부려 돈을 갈취하려는 브로커쯤으로 오인한 눈치였다.

"무슨 말을 하려는지 모르지만 제가 지금 바쁘거든요. 소송인지 뭔지 할 말 있으면 내 자문 변호사랑 얘기하세요."

위세 좋게 공박한 이석후가 등을 보였다.

"잠시만요."

창규가 이석후를 세웠다.

"바쁘거든요."

그대로 손잡이를 미는 이석후. 창규는 회심의 미소를 감출 수 없었다. 간단하게 소송 위임을 받을 궁리가 반짝 떠오른 것이다.

"신혼 첫날밤 신새벽, 하와이 파라다이스 특급호텔 1101호실."

느긋한 한마디에 복도에 내디딘 이석후의 걸음이 멈췄다.

"당신 뭐야?"

이석후가 과격하게 돌아보았다.

"뭐… 귀신이랄까……."

"귀신?"

"농담이고, 당신의 불륜 행적을 아는 의뢰자가 저를 찾아왔습니다. 당신 스스로 홍태리에게 이혼소송을 청구하지 않으면 당신에게 숨겨진 추악한 여성 편력을 전부 폭로할 거라고."

"푸헐."

"……."

"지금 어디서 유도 심문이야? 당신 변호사 맞아?"

이석후의 목소리가 높아지자 대리가 들어섰다.

"무슨 일이죠?"

"……."

이석후는 입을 다물었지만 창규는 사정이 달랐다.

"송소라!"

창규는 더욱 느긋하게 이야기의 꼬리를 물었다. 그러자 이석후가 창규를 가로막고 나섰다.

"당신……."

"아무래도 여기보다는 다른 조용한 데서 얘기하는 게 좋을 거 같죠? 어떻게 생각하시나요?"

"……."

"아니면 부득 언론사를 찾아갈 수도……."

"아, 알았어요. 알았다고요."

"제가 재판 스케줄이 밀려서 그러는데 오후 4시까지 제 사무실로 나와주시면 고맙겠습니다."

"이봐요. 나도 스케줄이……."

이석후가 발끈하자 창규가 그 얼굴을 바라보았다. 그저 우묵한 눈빛이었다. 전 같으면 아이구, 그러세요. 그럼 일 보시고

편하게 오세요 하며 비굴하게 받아들였을 일. 하지만 저절로 무게감이 표출되는 창규였다. 전과 다른 자신감이었다.

"알았습니다. 가죠."

눈빛에 눌린 이석후가 꼬리를 사렸다.

"땡큐, 그럼 촬영 잘 끝내시기를……."

창규는 몹시 정중한 인사를 남기고 방을 나갔다.

"무슨 일이에요?"

대리가 물었다.

"알 거 없고요. 매니저나 좀 불러주세요. 스케줄 조정해야겠습니다."

"오늘 스케줄은 확정된 거라 바꿀 수 없는 거 모르세요?"

"내가 아프다고요. 알았어요?"

이석후의 목소리는 급체라도 걸린 듯 꼬여 있었다.

빙고!

후끈 달아오른 창규가 주먹을 불끈 쥐었다. 뭐부터 할지 몰라 버벅거리던 전과는 달랐다. 사무장 엉덩이만 쳐다보던 그때의 창규는 흔적도 없었다.

휘이이!

휘파람을 불며 사무실 지하 주차장에 들어섰다. 휘파람은 그치지도 않았다. 소송의 주도권을 잡은 변호사들이 이런 기분일까?

주차장에 들어서자 빈자리가 눈에 들어왔다. 막 각도를 잡으려는 찰라, 육경욱의 차가 먼저 머리를 들이밀었다.

"내 자리라니까."

오만한 목소리가 뒤따랐다.

"……."

"능력이 없으면 눈치라도 빨라야지."

차에서 내린 육경욱이 유세를 떨며 엘리베이터에 올랐다.

'눈치라?'

다른 자리를 찾던 창규 눈에 육경욱의 세단이 들어왔다.

세단.

'좋은 차라고 유세를 떤단 말이지. 처갓집 권세에 초임 변호사들 피 빨아 이룬 성을 가진 주제에.'

창규의 눈에 반짝, 짧은 빛이 스쳐갔다.

"어머, 변호사님!"

사무실 문을 열자 미혜가 벌떡 일어섰다.

"왜?"

"방금 이석후라는 사람에게 전화가 왔는데……."

"뭐래?"

창규가 의자를 당겨 앉았다.

"사무실 위치 알려달라고 해서 알려줬어요."

"이석후… 어디서 많이 들은 이름 아니야?"

"이름요? 어머!"

골똘하던 미혜가 화들짝 경련하며 말을 이었다.

"설마 예능 강자 그 이석후?"

"설마가 아니고 그 이석후가 그 이석후야."

"변호사님!"

"말했잖아? 새 출발 첫 수임이 될 거라고. 뭐 조금 있으면 찾아올 테니까 보면 알겠지. 하지만 어쩌지? 이석후가 사인해 줄 기분은 아닐 거 같은데……."

"그럼 정말 그 두 사람 이혼 건을?"

"아마!"

"어머, 어머, 어머……."

미혜가 자지러질 때 사무실 문이 거칠게 열렸다.

"야, 강 변!"

팟대를 올리며 들어선 사람은 육경욱이었다.

"무슨 일이죠?"

창규는 시미치를 떼며 시선을 건넸다.

"너지? 내 차 들이박은 거?"

"무슨 말씀이신지……."

"야, 블랙박스에 다 찍혔는데 무슨 헛소리야? 뺑소니로 처넣 어주랴?"

"아, 그러고 보니 아까 후진 때 뭔가 살짝 충격음이 있더니……."

"뭐야?"

"제가 실수를 했나 보군요. 그런데 아무리 그렇다고 품격 높으신 법조인께서 막말이 뭡니까? 보험으로 해결하면 될 일을 가지고."

"뭐야?"

"보험요. 그러자고 자동차 보험 들은 거 아닌가요?"

"이봐."

"솔직히 저야 뭐 법조인 자격도 없다니 그렇지만 선배님은 잘나가는 분 아닙니까? 저번에 방송이랑 잡지에 나오는 거 보니까 상당히 자상하고 친절한 법률 봉사자로 나오던데 현실은 반전?"

"야, 강 변!"

"보험 회사 부를게요. 아무튼 미안하게 되었습니다."

창규는 대놓고 변죽을 울려주었다. 사고 역시 일부러 박아 버린 일이었다. 그 또한 전 같으면 엄두도 못 냈을 일. 하지만 까짓 보험료, 인상분 더 내면 그만이었다.

"이게 형사 전문도 아닌 게 어쩌다 한 건 올리니까 눈에 보이는 게 없어?"

"말씀이 지나치군요. 어쩌다 한 건이라뇨?"

"아니면? 강 변이 윤 회장 도박 사건 변론 맡았다며? 보아하니 큰 건으로 한두 장 땡기니까 정신 줄 풀린 모양인데 정신 차려, 이 친구야."

"뭐 그거야 두고 보면 알겠죠. 한 건이 두 건 되고 두 건이 세 건 되는 거 시간문제일 테니까."

"허, 아주 맛이 제대로 갔네."

육경욱은 콧등을 실룩이며 발길을 돌렸다.

"변호사님……."

육경욱이 나가자 미혜가 조심스레 물었다.

"왜?"

"표정을 보니 꼭 일부러 박은 사람 같아서요."

"일부러 그런 거 맞아."

"정말요?"

"좀 잘나간다고 내 사무실 뺏더니 주차 자리까지 유세를 떨어서 말이야. 여기서 자기만 임대로 내나? 안 그래?"

"맞아요. 고소해요."

"아주 콱 뭉개 버릴걸 그랬나?"

"안 돼요. 그러다 잘못하면 변호사님이 다치잖아요?"

"하핫, 그래도 나 생각해 주는 사람은 미혜 씨밖에 없다니까."

"참, 사무장 자리 말이에요."

"어, 알아봤어?"

"정수라 언니 알죠? 그분한테 물어봤는데 길 건너편 송학 빌딩에서 사무장하다 위가 나빠서 치료받느라 쉬고 있는 분이 있는데 그분이 능력 있다고 하던데요?"

"치료?"

"그분이 검찰청 출신이라 수완도 좋고 이혼소송이나 상속에 관한 소송도 많이 다뤄봤다고……."

"가만, 수완이라면 정수라 씨가 더 낫지 않아?"

"수라 언니요?"

"아예 정수라 씨를 사무장으로 어때?"

"……?"

미혜가 고개를 들었다. 즉흥적이지만 창규는, 그녀가 최고의 적임자라는 생각이 들었다. 두 가지 이유 때문이었다. 첫째는 정수라가 여경 출신이라는 것. 경사 공채로 들어가 주요 사건에서 윗선의 부당한 지시를 묵살하다가 마찰이 생겨 사표를 내고 서초동 법조계로 유턴했다.

경찰 재직 당시 수사통으로 정평이 난 반장 밑에서 실무를 익혀 사건을 뚫어보는 능력도 좋고 소송에 필요한 잡다한 단서를 확보하는 수완도 좋았다.

두 번째는 상담이었다. 이혼을 결심하거나 억울한 경우를 당한 사람들은 속을 털어놓을 곳이 없었다. 그건 창규의 경험담이었다. 창규가 겪은 상담자들. 구구한 사연을 듣다 보면 2~3시간을 넘기는 건 다반사였다.

정수라의 외모는 친근한 이모 같은 마스크. 누구라도 경계심을 갖지 않을 정도로 서글서글해 보였다. 성격 역시 모나지 않아 적격이었다. 문제는 모시던 변호사가 미국 이민을 가자 애를 낳으며 육아에 전념하고 있다는 거.

"괜찮을 거 같지 않아?"

"글쎄요, 언니는 애 키우는 재미에 흠뻑 빠져 있는 거 같던데?"

"미혜 씨가 나 좀 슬쩍 띄워줘 봐. 내가 보기엔 딱 적임자야. 아, 남자만 변호사 사무실 사무장하라는 법 있어?"

"좋은 생각이긴 하네요."

"반드시 스카우트해야 해. 미혜 씨도 잘 배워서 나중에 내가 로펌 차리면 제2실장 해야지."

"변호사님……."

미혜가 울상을 지었다. 지금까지 사무실 운영도 벅찼던 창규였다. 그런데 로펌이라니…….

"나 농담 아니야. 육경욱도 로펌 꿈꾸잖아?"

그건 팩트였다. 육경욱은 허구한 날 로펌을 입에 달고 살았다. 믿는 구석 때문이었다. 장인이 재벌급에 노쇠하니 불가능한 얘기도 아니었다.

"그건 나중 얘기고요, 제가 한번 만나서 작업은 해볼게요."

"오케이, 카드 가지고 가서 맛있는 거 팍팍 사주면서 모셔 와. 정 안 되면 내가 가서 만나볼 테니까."

"저번에도 그러다가 한도 초과로 쪽 당했는데……."

"풋!"

물을 마시던 창규가 물을 뿜었다. 슬픈 과거가 나온 것이다.

"아, 진짜… 그건 옛날 얘기잖아."

"정말 비싼 거 먹어도 돼요?"

"당연하지. 상한선 없으니까 뭐든지 대접하라고. 1인분 20만 원짜리 특선 참치도 좋고 특선 한우 등심도 좋고… 우리가 김영란법 따질 것도 아니잖아?"

"우와!"

미혜 입이 헤벌쭉 벌어질 때 문이 활짝 열렸다. 또 육경욱인가 싶었는데 아니었다.

"어머!"

방문객의 비주얼을 본 미혜의 입과 눈이 얼어붙어 버렸다. 가만히 있어도 자체 발광 아우라를 휘날리는 꽃미남 인기 연예인 이석후였다.

"오셨군."

창규는 일부러 데면데면하게 대했다.

"상담실에 가서서 잠깐 기다리시죠. 다른 소송 소장 작성이 있어 마치고 가겠습니다. 미혜 씨!"

창규는 석고상처럼 굳어버린 미혜를 불러 정신 줄을 당겨주었다.

"이쪽으로……."

미혜가 이석후를 안내했다. 연예인이 저렇게 좋을까? 옆에서 보니 아주 맛이 간 비주얼이다.

하긴 누가 뭐래도 연예인은 권력이었다. 그것도 아름다운 권력이다. 그렇기에 수더분한 미혜까지도 저렇게 쩔쩔매는 것 아닐까?

'순비도 저러려나?'

아내 생각이 들어 피식 웃어버렸다.

창규의 노트북 화면에 뜬 건 식귀2에게서 얻은 섭취물에 대한 자료였다. 그중에서 필요한 것 몇 가지를 정리하는 중이다. 윤 회장의 경우에서 보았듯이 말보다 서류가 좋았다. 활자가 가지는 공신력 때문이다. 더구나 이런 걸 내밀어두면 진짜 의뢰자가 뒤에 있는 것처럼 보이는 효과도 볼 수 있었다.

'조오타.'

서류를 툭 튕겨보는 창규. 그걸 들고 소파에 앉아 일부러 시간을 흘려보냈다. 이 또한 상대의 기선을 제압하는 방안의 하나였다.

'슬슬 행동 개시해 볼까?'

지잉!

한참 후에야 프린트 버튼을 눌렀다. 소리와 함께 잉크젯이 돌았다. 그러다 종이가 걸렸다.

육경욱의 사무실은 1년에 두 번씩 프린터를 바꾼다고 한다. 종합소득세 세금으로 강탈당하느니 비용 처리가 되는 지출을 팍팍 질러대는 것이다.

'그건 그 인간 취향이고…….'

커버를 열고 드럼을 들었다 놓았다. 프린터는 지잉 숨결을 고르며 종이를 밀어냈다. 종이를 집어 들었다.

'인쇄 상태 조오타.'

오늘따라 검은 글자와 흰 종이의 선명도가 기가 막혔다.

8. Eating is yourself

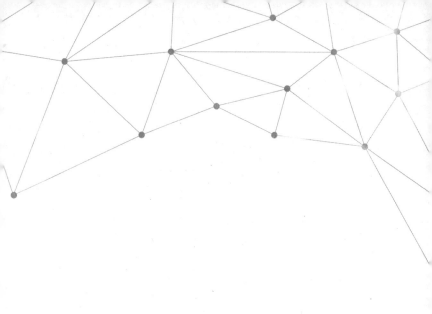

"대체 누굽니까?"

이석후가 돌직구를 날려왔다. 제보자를 원하는 것이다. 모든 사람의 본성이다. 자신의 비밀이 탄로 나면 뒤를 돌아본다. 그때로 가본다. 의심스러운 사람을 전부 용의 선상에 올린다.

그날!

창규가 말한 초대형 사고가 터진 날, 이석후 주변에는 다섯 명의 여자가 있었다. 홍태리와 송소라, 그리고 세 명의 모델들. 거기서 조금 더 시간을 뒤로 돌려보면 매니저와 화보 촬영감독까지 포함된다. 그들은 간단한 식사 후에 숙소로 돌아 갔다.

의심의 화살은 여섯 명을 겨누었다. 맷탱이가 갈 때까지 달린 세 여자 중의 하나가? 아니면 매니저나 감독 놈? 그것도 아니면 송소라가 뒤통수를?

아니…….

이석후의 의심은 결국 홍태리에게까지 이르고 말았다.

"소송에 관련된 사람의 신상 보호는 변호인의 의무에 속합니다만."

창규는 가볍게 예봉을 피했다.

"말할 수 없다?"

"한 가지는 알려드리죠. 제보자는 이석후 씨의 상상 밖의 사람이니 엉뚱한 추측은 마시기 바랍니다."

"상상 밖?"

"팩트는 하나입니다. 당신은 이혼해야 한다는 사실."

"이봐요!"

이석후의 목에서 경동맥이 불끈거렸다.

"이혼!"

"증거를 보여주시오. 분명히 조작된 걸 겁니다."

이석후의 목소리가 과격할 정도로 올라갔다.

"운명은 조작할 수 없습니다."

"뭐라고요?"

"운명, 당신이 잘 알고 있지 않습니까?"

창규가 서류를 내밀었다. 그걸 본 이석후의 눈이 발딱 뒤집혔다. 그건 정말 운명의 기록이었다. 과거로 달리고, 달려 초등학교 때의 일까지도 명기가 된 것이다.

"이, 이걸 다 어떻게?"

단 한 방에 식은땀을 쏟아내는 이석후…….

"제보자는 오랫동안 당신을 지켜본 사람입니다. 그렇게만 아십시오."

"귀신이라도 된다는 거요?"

"이혼소송, 제게 맡기시겠습니까?"

"이봐요."

"운명이라고 했잖습니까?"

"젠장!"

탄식과 함께 이석후가 가방을 테이블에 올려놓았다.

"뭐죠?"

"여기는 몰카 같은 건 없겠죠?"

"물론입니다만."

"어떤 인간이 나한테 앙심 품고 뒤통수 제대로 치는 모양인데 합의합시다."

이석후가 내놓은 건 돈뭉치였다. 오만 원권 한 다발이었다.

"큰 거 한 장 드리겠습니다. 지나간 일들은 그렇다고 쳐도, 이번 일은 실수였습니다. 술김에 일어난 실수였다고요."

큰 거 한 장이면 1억이다. 작은 돈이 아니다.

"이유를 대자면 세상만사가 다 로맨스가 되지요. 불륜은 어쩌다 보니, 성추행은 의도치 않게, 성폭행도 저쪽에서 먼저 추파를. 내로남불……."

변죽으로 거절하는 창규.

"대체 저쪽에서 얼마를 바라는 겁니까?"

"딱 한 가지라고 말씀드렸을 텐데요."

"그러니까 얼마?"

이석후가 달아올랐다. 지금까지 철두철미하게 깨끗한 이미지를 사수해 온 방송인이었다. 그 인기를 등에 업고 최고의 전성기에, 최고의 미녀스타와 허니문까지 이루었다. 그가 바라던 절정에 도달한 것이다. 그런 마당에 이혼이라니? 혼인신고한 볼펜의 잉크가 마르기도 전에?

그건 자살행위와 마찬가지였다. 선량한 미소 뒤에 숨긴 여성편력이 발표되면 그의 인기는 롯데타워 꼭대기에서 고속 추락하는 꼴이 될 판이었다.

"3억?"

"3억?"

창규의 배팅을 들은 이석후의 얼굴이 굳었다. 그의 연소득은 200억 이상. 그렇다고 해서 3억이 아깝지 않을 리 없었다. 비용 처리도 안 되니 세금 탕감도 못 받는 돈이 아닌가?

"……."

"……."

"아이가 없지만 일체 비밀에 붙여준다면 지불하겠소."

"풋!"

창규가 웃었다. 이석후의 진지함에서 김을 쪽 빼는 미소였다.

"내 말은, 합의금이 아니고 이혼소송 수임료를 말하고 있는 겁니다만."

"수임료?"

"그 사람이 말하기를, 신의 계시라더군요. 다른 길은 없습니다. 그러니 공연히 헛발질하지 마시고 이혼소송 맡기세요. 당신의 이미지에 대한 타격은 최소한이 되도록 최선을 다해 드릴 테니까요."

"이봐요. 내가 이혼소송 전문가는 아니지만 이런 경우에는 내가 제기하는 게 아니지 않습니까? 이혼을 해도 홍태리가……."

"축출 이혼까지도 이해하고 계시니 다행입니다."

"법률 용어는 모르겠고 그 정도는 상식 아닙니까?"

"불륜을 저지른 사람은 이혼소송을 제기할 수 없다. 맞는 말입니다. 하지만 예외가 있어요. 아무튼 도장만 찍으시면 저쪽의 유책성을 찾아드리죠. 그러면 역이혼을 제의할 수 있죠. 당신 쪽의 치부는 살포시 덮고 상대의 허물을 이유로 이혼을 제기하는 겁니다. 방귀 뀐 놈이 성내는 꼴이 되겠습니다만."

"홍태리의 유책성? 그럼 태리도 그날 밤에 무슨 일이 있었다는 겁니까?"

"너무 오버하지 마세요. 지금 알아봐 드린다고 하지 않았습니까?"

"대체……"

"홍태리 씨, 아, 아직은 아내로군요. 아내분에게 전화해서 저를 잠깐 만나라고 해주십시오. 길 필요도 없고 5분이면 됩니다."

"당신……"

"이제부터 저는 이석후 씨의 변호인입니다. 저를 믿고 협조를……"

"……"

"어차피 시작할 일이기는 하지만 마음의 안정이 필요하다면 홍태리 쪽의 유책성을 보고받고 나서 정하셔도 좋습니다. 깨볶는 신혼에 얻어맞은 날벼락이니 그 충격 이해합니다."

"태리도 정말 나 모르는 하자가 있다는 겁니까?"

"그건 보장할 수 있습니다. 세상에 털어서 먼지 안 나는 사람은 없지요. 이석후 씨도… 알려진 이미지와는 다른 비밀이 있지 않습니까? 신입 피디 유화경과 신참 방송인 조미연, 신인 가수 이지니에… 유화경과는 결혼 이틀 전의 밤에도……."

"그만하세요."

"기분이 상했다면 죄송합니다. 이 서류는 일단 파쇄하죠. 요즘 워낙 보안이 잘 새나가는 세상이라……."

자리에서 일어난 창규, 서류를 파쇄기에 넣었다.

촤르르!

소리와 함께 서류는 작은 조각이 되어 흘러내렸다. 그 소리가 묘한 카타르시스를 안겨주었다.

"당신, 태리에게도 유책성이 있다는 그 말, 책임질 수 있습니까?"

"물론이죠. 저는 일반인이 아니라 변호인입니다. 책임질 수 있는 말만 합니다."

"휴우!"

창규의 장담에 이석후는 깊은 날숨을 밀어냈다.

홍태리.

남자관계가 있는 건 알고 있었다. 하지만 그건 이석후를 만나기 전이었다. 그런데 창규의 태도로 보아 뭔가 심각한 게 있어 보였다. 게다가 창규가 내민 이석후의 증거. 까무러칠 정도로 완벽했다. 20년 가까이 비밀이었던 일까지도 까발겨 움켜

쥐고 있지 않은가?

이혼을 떠나 궁금해졌다. 워낙 미인이라 껄떡대는 남자가 마를 날 없었던 홍태리. 그녀의 이성 관계를 알고 싶었다. 남편 자리를 차지한 이석후의 수컷 본능이었다.

"좋아요. 태리의 비밀을 한번 봅시다. 당신 말대로 그녀에게 치명적인 일이 있다면… 이혼소송, 심각하게 고려해 보죠."

"아내분에게 전화를 부탁드립니다."

창규가 이야기의 방점을 찍었다. 펄펄 뛰던 이석후는 어느새 누그러져 있었다. 사랑에 빠진 사람들은 의외로 질투심이 강하다. 조금 더 사랑하는 사람 쪽이 더더욱 그렇다.

그건 창규가 바라던 바였다. 천생연분으로 소문난 신혼의 연예인. 가는 곳마다 잉꼬부부로 보이며 세간의 부러움을 사는 커플. 그게 치명타였다. 왕신여제와 몽달천황에게 개시로 찍힌 것이다. 본보기로 당첨이 된 것이다.

천생연분 따위는 신기루에 불과해.

위선의 향연이라고.

―유명 연예인 커플, 초고속 이혼.

성공한다면 모태솔로와 닥치고 독신주의자들에게 최고의 위로가 될 일이었다.

"증거 확인하는 대로 바로 연락드리겠습니다."

창규는 이석후를 보냈다. 그가 멀어지자 흥분이 가라앉는 게 느껴졌다. 자신도 모르는 사이에 엄청나게 고양이 되어 있었다. 그제야 알았다. 식귀들의 능력이 발현될 때면 창규의 감정도 변하고 있다는 걸.

'불기둥 같은 시기심과 얼음폭풍 같은 냉혹함.'

이 감정이 발현되면 오직 직진이다. 미사일처럼 목표를 요격하려는 진취성과 집요함이 생긴다. 그 목표는 오직 '파혼'이었다.

'휴우!'

숨을 고른 창규가 전화기를 들었다. 그리고 매너 있게 한 마디를 날렸다.

"홍태리 씨? 이석후 씨 전화받으셨죠?"

홍태리.

그녀가 지정한 약속 장소는 친구의 사무실이었다. 연예인이 행복하다는 말에 잠시 의구심이 들었다. 연예인들은 사생활이 없었다. 그런 의미로 보자면 불행한 사람들이었다. 인기를 누리는 대신, 자유를 누릴 기회가 줄어드는 것이다.

홍태리.

사무실 벽에는 그녀의 대형 화보가 걸려 있었다. 참 예쁜 여자였다. 그녀의 미에서는 참신성이 줄줄 흘렀다. 주물로 찍어낸 듯 판박이처럼 보이는 성형 미인과는 딴판이었다. 보기만 해도 마음이 맑아지는 싱그러움이랄까?

홍태리.

그녀는 또 뭘 먹고 자랐을까? 음식물 이외에 먹은 건 뭐가 있을까? 과거 창규가 초등학교 저학년 시절에는 그랬다. 연예인이나 예쁜 가수들은 물과 주스만 먹는 줄 알았다. 똥도 안 싸는 줄 알았다. 그게 어린 소년의 환상이라는 걸 깨닫는 데는 오랜 시간이 걸리지 않았다.

예쁜 여자도 똥을 싼다. 아니, 잘 못 싸는 경우가 많았다. 변비 때문이다. 날씬하고 예쁜 여자들은 사실, 변비를 달고 사는 경우가 많았다.

변비 따위가 무슨 대수냐고?

똥 못 싸는 고통, 생각보다 굉장히 크다. 똥꼬는 찢어지려 하고 얼굴은 홍당무로 변하는 절정. 딱 한 방만 시원하게 발사하고 싶은데 불발로 끝나는 좌절감. 모르는 사람은 모른다. 그래서 미녀들은 점점 더 예뻐진다. 남들 똥 못 싸는 고통까지 이해하는 착한 마음(?)을 갖게 되기 때문이다.

홍태리.

걱정은 되지 않았다. 창규는 이미 결정적인 섭취물의 기록 하나를 알고 있었다. 윤여도 회장 건이었다. 하지만 그것만으로는 약했다. 그건 이미 오래전의 일. 과시욕에 눈 먼 이석후가 과거는 용서할 수 있다고 나온다면? 혹은 이미 홍태리가 비스무리한 고백을 해서 사면을 받았다면? 골치가 찌근 아파

질 일이었다.

딸깍!

홍태리는 노크도 없이 들어섰다. 옆에는 친구가 서 있었다. 홍태리는 자체 발광 아우라로 창규의 눈을 시리게 만들었다. 친구는 눈짓으로 창규의 존재를 알려주고는 자리를 피해주었다. 안에는 창규와 홍태리, 둘만 남았다.

"변호사님이시라고요?"

앞 소파에 앉으며 홍태리가 물었다.

"강창규입니다."

명함을 놓는 순간, 창규의 두 식귀는 이미 출격하고 있었다. 破는 이미 확인했다. 그녀 볼의 낙인은 이석후의 것보다 조금 진해 보였다.

창규 눈에만 보이는 형상의 먹거리들이 그녀에게서 밀려나오기 시작했다. 이 여자는 대체 뭘 먹고 이렇게 대책 없이 기막힌 몸매를 가지게 되었을까? 긴장도 풀 겸 식용 카테고리부터 점검했다.

"……!"

창규 눈이 휘둥그레졌다. 홍태리는 별다른 비법이 없었다. 그녀는 밀가루파였다. 파스타와 국수, 케이크 종류의 먹거리가 많았다. 채소나 과일은 별로 좋아하지 않았다. 그건 방송용 멘트일 뿐이었다. 그녀의 또 다른 주식은⋯ 의외로 돼지고

기였다. 반전이었다.

꿀꿀!

선호하는 먹거리는 돼지고기와 밀가루의 2종 세트였다. 돼지에게 눈길을 주자 삼겹살과 족발, 돼지불고기 등으로 변했다. 그것들은 다시 소주와 절대 결합을 이루었다.

가장 최근의 삼겹살 파일을 열어보았다. 어제였다. 그녀가 해치운 삼겹살은 무려 3인분이었다. 소주도 두 병 반을 흡입했다. 함께 마신 사람들은 절친 동료 가수였다. 후식은 돼지뼈를 우려 육수를 낸 칼국수를 섭취했다. 몸매와는 달리 호로록 호로록 잘도 넘겼다. 미국의 햄버거 먹기 대회를 보는 것 같았다. 거기서 일등을 한 여자는 의외로 날씬한 몸매였다.

"얘는 먹방 프로그램에 나가면 진짜 대박인데."

"그러게. 얘가 먹방 나가서 허리띠 풀어놓으면 팬들이 다 뒤집어질 거야."

"내 말이… 피디들은 다 뭐 하나 몰라. 태리가 나가서 걸신 포스로 폭풍 흡입 하면 시청률이 몇 배로 오를 텐데……."

술자리의 말들이 메아리를 이루었다.

"니들 미쳤어? 누구 이미지 추락하는 꼴 보려고……."

태리는 버럭 샤우팅으로 그들을 일축했다.

몸매 호기심은 그쯤하고 식귀2의 섭취물을 점검하려던 창규, '특용' 카테고리에서 시선이 멈췄다. 일상식으로 먹는 것과 달리 특이한 경우에 섭취한 것들. 홍태리처럼 예쁜 여자는 비어 있을까?

'억!'

비명이 나왔다. 비어 있지 않았다. 믿기지 않아 한 번 더 체크를 했다. 허얼, 한숨과 함께 창규의 볼이 화끈 달아올랐다. 그건, 지상에서 가장 낯 뜨거운 섭취물이었다.

'Semen 혹은 Sperm……'

한국말로 하면 정액.

갈비뼈가 덜컥 목에 걸리는 느낌이었다. 미녀와 정액. 어울리지 않는 그림이지만 사실은 사실이었다. 그녀가 먹은 정액의 양은 꽤 되었다. 흡입구는 체크하지 않았다. 여자 몸에 정액이 들어오는 두 코스. 미성년자가 아니라면 다 알 일이었다. 스페셜한 섭취물은 스스로 주인의 얼굴을 보여주었다.

젠장!

욕설이 나올 뻔했다.

윤 회장의 얼굴이 먼저 보인 것이다.

완전 부러운 늙은이…….

변호사가 아니라 그냥 수컷의 본능이었다. 창규, 그 본능을 차근차근 눌러놓고 식귀2의 능력으로 넘어갔다.

[이성]

[재물]

[명예]

[특례]

그중에서도 명예 카테고리가 가장 붐비었다. 칭찬, 질투, 사랑, 인기…….

홍태리다운 섭취물들이었다. 예쁘니 칭찬 속에서 살았다. 예쁘니 질투를 먹고 살았다. 예쁘니 많은 남자들의 사랑을 받고 살았고 인기를 퍼먹고 살았다. 인격 점검을 하려는 게 아니니 얌전히 밀어내고 이성 쪽을 캐기로 했다.

'윤여도 회장…….'

이번에도 그가 먼저 시야를 박차고 들어왔다. 살포시 밀어냈다. 이미 알고 있는 정보는 큰 가치가 없었다.

"……!"

홍태리도 그리 조신한 편은 아니었다. 결혼 직전까지 육체 교제를 한 남자만 세 명이었다. 하나는 동료 연예인, 또 하나는 재벌 3세로 잘 나가는 벤처 사업가. 늦은 밤이나 신새벽에 만나 술을 마시며 엔조이하는 사이였다.

마지막 한 사람은 대학교수였다.

하지만 꿀꺽한 시점들은 이석후와 결혼하기 이전. 결혼한 후에는 아직, 별다른 외도가 없었다. 이석후의 질투야 유발하겠지만 법정까지 간다면 치명타로 쓸 수 없는 일이었다.

더 오랜 과거의 남자들도 그랬다. 가수로 처음 입문할 때는 작곡가를 섭취해 좋은 곡을 받았고, 방송에 영향력이 있는 정계 인사와도 가면의 밤을 보냈다.

가면의 밤이란, 스폰서가 가면을 쓰고 관계를 갖는 것. 세간의 이목을 두려워하는 정치인들이 간혹 시도하는 방법이었다. 따라서 정치인은 홍태리를 알아도 홍태리는 정치인의 정체(?)를 몰랐다. 그래도 창규는 알았다. 식귀들의 능력은 신이했으니 가면 안의 얼굴까지도 다 드러내 준 것이다.

박재구.

정치인의 이름이었다. 이름만 들어도 아는 거물이었다. 문화부 장관을 역임하고 물러나 국회의원으로 활동하고 있었다. 아직도 문화계의 저변에 남은 도제식 성추행에 대해 입에 거품을 물던 그 사람이었다.

빌어먹을 놈.

이렇게 살면서 주둥이 나불거리다니. 그야말로 '내로남불'의 전형이었다. 제 놈이 하면 로맨스고 남이 하면…….

이름을 새겨두었다. 언젠가 요긴하게 써먹을 수도 있는 일이었다.

'쓸 만한 증거이자 입증 자료.'

일단 숨을 돌린 창규, 남은 파일에 시선을 멈췄다. 아주 오래전의 파일. 그런데 그 크기가 눈에 띄었다. 다른 것의 몇 배는 되는 것이다. 당연히 점검에 들어가 주셨다. 여고생 시절에 일어난 일이었다. 척 봐도 선생님 느낌이었다. 척 봐도 미남이었다. 교생이었다.

식사(?) 과정이 몇 가지 보였다. 교생의 인기는 광적이었다. 잘생긴 얼굴에 훤칠한 키, 게다가 SKY출신이었다. 여고생들이 개나 소나 연모 문자를 날리며 대시를 하자 우월한 미모의 홍태리, 자만심에 불이 붙었다.

찌질한 것들.

'교생은 내 거거든.'

그녀는 우월한 미모로 작심 추파를 보냈지만 교생은 난공불락이었다. 교생 역시 그녀가 눈에 들기는 했지만 수업 준비에 정신 줄이 끊긴 까닭이었다.

교생 생활을 하루 남겨둔 날, 홍태리는 필살 공세에 들어갔다. 그날, 교생은 교사들이 챙겨준 단출한 회식을 마치고 상담실로 돌아왔다. 내일 제출해야 하는 교생실습 자료 정리 때문이었다.

술이 좀 올라왔다. 인사차 건너오는 술을 몇 잔 받아먹다 보니 그렇게 되고 말았다.

딸깍!

문소리가 들렸다. 동시에 문 앞이 환해졌다. 홍태리가 김밥을 들고 들어온 것이다.

'응?'

교생의 시선은 김밥보다 매혹적인 대상으로 옮겨갔다. 그녀의 교복 치마가 아슬아슬한 곳에서 찰랑거린 까닭이었다.

그 또한 술이 웬수였다. '선생님, 뭐 하세요?'라는 질문과 함께 홍태리가 코앞까지 다가왔다. 폐쇄된 공간에서 풋풋한 여고생과의 접촉. 청춘의 혈기가 확 치밀어 올랐다.

안 돼.

이성이 고개를 돌리자, 선생님 완전 귀여워, 하는 도발이 쫓아왔다. 선생님, 키스해 봤어요? 못 해봤을 거 같아. 홍태리는 교생에게 은근슬쩍 기댔다.

선생님, 나 너무 힘들어요. 어떻게 하면 선생님처럼 일류대 갈 수 있어요? 이제는 귀에 대고 속삭이는 홍태리. 그다음부터는 교생의 본능이 알아서 했다. 홍태리의 교생 헌팅은 그런 역사를 겪었다.

"⋯⋯!"

놀란 창규가 움찔 흔들렸다. 교생까지도 유혹하는 홍태리의 끼 때문이 아니었다. 창규가 놀란 건, 그로 인한 결과 때문이었다.

놀랍게도, 그 교생을 최근까지도 섭취하고 있었다. 교생은 공부를 계속해 대학원의 방송학부 교수가 되었고 결혼도 했다. 홍태리가 적을 둔 대학원의 담당 교수였다. 최근 장면을 뽑아냈다. 매개체는 숙취 해소제였다.

"결혼하면 보기 어렵겠네?"

관계가 끝난 후에 교수가 된 교생이 말했다. 숙취 해소제를 마시는 그의 한 손은 홍태리의 봉긋한 유두 위에 있었다.

"왜요? 이제 사모님하고 사이가 좋아졌어요?"

"그게 아니라 결혼까지 한 사람을……."

"교수님도 결혼했잖아요."

"……."

"상관없어요. 스승과 제자가 만나는 거잖아요."

"……."

"저는 이 반지가 닳을 때까지 선생님 만날 거예요."

"하지만 그 반지는 결혼하면 낄 수가……."

"반대편에 끼면 되죠. 석후 씨에게도 죽은 엄마의 유품이라고 했으니 안심하세요."

"……."

"그러니까 괜히 다른 생각 마세요. 알았죠?"

"나야 괜찮지만……."

교생의 손이 홍태리의 왼손 약지로 옮겨갔다. 두 사람이 몰디브에서 밀애를 즐길 때 샀던 반지였다.

반지.

창규의 눈이 홍태리의 손을 확인했다. 반지는 오른손 약지에 끼워져 있었다. 그 자리에는 대신 결혼반지가 반짝거렸다.

'대박.'

파일이 큰 이유…….

고개가 끄덕여졌다.

짜릿한 전율을 참으며 확인에 들어갔다. 처음 확인한 세 사람. 그중 하나인 대학교수 쪽으로 시선을 돌렸다. 마지막 관계를 체크했다. 결혼하기 나흘 전이었다. 이석후와 웨딩 촬영을 찍고 난 밤이었다.

그날 밤 홍태리는 대학교수를 불러 밤을 불태웠다.

그다음 날, 이석후는 피디를 불러 총각 파티를 했다.

푸헐!

슬슬 분노가 치밀기 시작했다.

홍태리와 이석후가 결혼한 건 고작 며칠 전의 일. 이쯤 되면 결혼 이후에 외도가 없다는 건 별 의미가 없었다. 1년이 지난 것도, 2년이 지난 것도 아니었다.

"……."

검증의 끝에서 한 번 더 뒤집어졌다. 충격의 실체는 임신중절이었다. 신인 가수가 되기 직전, 홍태리는 교생과의 관계로 임신을 하게 되었다. 임신 주기를 잘 지켰지만 변수에 걸린 것이다. 교생과 함께 가서 아이를 지웠다. 최종 중절은 재작년, 홍콩 공연을 떠나기 전이었다. 그 확인은 '링거액'으로 가능했다.

톡톡!

회복실에서 눈물처럼 떨어지는 링거를 맞을 때, 교수는 그 손을 잡고 있었다. 그 의원은 교수의 절친이 개업한 산부인과였다.

김기찬.

교생의 이름이었다. 지금은 대학교수가 된 홍태리의 정신적 지주인(?) 남자. 그리고, 그가 몰디브에서 밀애를 나누며 사준 실반지는 홍태리의 손가락 하나를 오지게 차지하고 있었다. 오른쪽에는 김기찬의 실반지, 왼쪽에는 이석후의 결혼반지.

좌석후 우기찬.

홍태리는 인기만큼이나 남자 욕심도 많은 여자였다.

'빙고!'

두 번의 임신중절에 대한 약 복용과 병원 이름, 담당 의사를 체크하면서 특용물 카테고리 점검을 마감했다. 홍태리.

이해가 가지 않았다. 그녀의 연기력… 개발괴발로 불린다. 하지만 이런 사생활을 가지고 있으면서도 이석후와의 애정을 애절하게 표하는 그녀였다. 어쩌면 그렇게 내숭 만땅의 표정을 지을 수 있을까? 그런 연기력인데 어째서 드라마나 영화를 말아먹을까?

아무튼 이 신혼부부는 위선으로 가득 찬 무늬만 잉꼬가 분명했다. 어쩌면, 서로의 과시욕을 위해 결혼한지도 몰랐다.

　—나는 최고 스타.

　—내 상대는 너 정도는 되어야…….

　—우리가 결혼하면 온 국민의 스포트라이트.

연예인들이란 이벤트도 즐기는 법이니까.

증거 수집은 끝났다. 이 정도면 충분하고도 남았다.

"홍태리 씨."

긴 침묵 끝에 마침내 창규가 운을 떼었다.

"네?"

"시간을 내주셔서 고맙습니다."

"무슨 말씀이신지?"

"자세한 건 이석후 씨를 통해 알게 될 겁니다. 그럼……."

창규는 정중한 인사를 남기고 돌아섰다.

"이봐요."

홍태리가 부르는 소리는 듣지 않았다.

귀신.

하나를 먹으면 소박이고 둘을 먹으면 대박이야.

대박.

이건 진짜 대박이었다. 이 신이한 능력을 누가 막을 것인가? 먹은 것을 통해 그 사람의 히스토리와 스토리에 더해 비하인드 스토리까지 역추적해 내는 상상 불허의 능력.

산소 같은 홍태리에게 그런 비밀이 있다니, 이석후가 그런 인간이었다니…….

세상에 믿을 인간 없다. 세상에 특별한 인간 없다.

신혼의 단꿈에 젖은 커플을 깨야 한다는 죄책감은 순식간에 사라져 버렸다. 과연, 두 혼귀왕의 말처럼 지상에 숭고한 사랑의 결합 따위는 없다는 착각도 들었다.

수임료 3억.

이석후에게 딜을 한 금액이었다. 전 같으면 1억짜리 수임에도 간이 벌렁거렸을 창규였다. 아니, 일거리 없는 개업 변호사들에게는 500만 원짜리도 큰 건이었다. 그런데, 이제는 액수에 꽂히는 게 아니었다. 식귀들의 능력을 확인하는 쾌감과 전율에 중독 증세가 발현되는 것이다.

중독…….

단어의 뉘앙스가 주는 위태로움과는 달리 창규는 기대감으로 빵빵해졌다.

까짓것, 제대로 한번 중독되어 볼 생각이었다.

승소머신!

그 또한 더는 꿈이 아니었다.

다음 날, 일찌감치 이석후가 찾아왔다. 주먹만 한 선글라스를 낀 차림이었다.

'24시간 이내!'

상담실의 창규는 섭취물 리딩에 옵션을 걸었다. 하루 동안 먹은 것들이 줄줄이 줄을 섰다. 그가 어제 가장 많이 섭취한 건 고급 꼬냑이었다. X.O급 꼬냑 두 병에 콜라 세 캔, 그리고 약간의 안주가 나왔다.

'식사를 하지 않았다?'

그건 이석후의 복잡한 심경을 반영하는 증거였다. 누구든 기분이 심란할 때는 식욕도 함께 떨어지는 법. 돈 있고 술 마실 줄 안다면 그것으로 끼니를 때우는 법.

"어떻게 됐습니까?"

이석후가 물었다. 입에서는 시큼한 술 냄새가 풍겨 나왔다.

"어제 말씀드린 그대로입니다."

"태리도 문제가 있다?"

"예."

"좋아요."

이석후는 심각한 날숨과 함께 명함 두 장을 꺼내놓았다. 굵직한 로펌의 변호사 이름이 박힌 명함이었다.

"나도 알아볼 만큼 알아보고 왔습니다. 그러니까 후릴 생각은 마시고……"

이석후가 갈기를 세웠다. 헐렁하게 보지 말라는 경고였다.

"물증을 보여달라는 거로군요?"

"당연한 거 아닙니까?"

"지금 전화를 거시죠."

"태리에게?"

"걸어서 한마디만 하세요. 여고 때 시작된 너의 비밀을 알
았다. 그것 때문에 이혼해야겠다. 깔끔하게 갈라서자."

"뭐라고요? 여고 때?"

"예."

"푸하하핫!"

"……."

"이봐요. 여고 때라면 그게 언젯적 이야긴데… 나 그렇게
옹졸한 사람 아닙니다. 그렇게 오래전 이야기라면 설사 남학
생이랑 동거를 했더라도 이해할 수 있어요."

"일단 그녀의 반응을 보고 얘기 계속하죠."

"이봐요."

"전화부터!"

창규는 미동도 하지 않았다. 이석후라면 대한민국에 미치
는 영향이 막강한 사람. 하지만 처음과 달리 이제는 경외감
따위는 들지 않았다. 경외할 수도 없지 않은가?

"좋아요. 어이상실이긴 하지만 일단 해보죠."

이석후가 핸드폰을 꺼냈다.

"스피커 통화를 부탁합니다."

창규가 단서를 달았다. 힐금 쏘아본 이석후가 음성으로 전

화를 걸었다. 잠시 후에 홍태리 목소리가 흘러나왔다.

—자기야?

"응, 지금 어디?"

—녹음 중.

"통화 가능해?"

—말해. 감히 마이 허스밴드의 전화 막을 사람이 있겠어?

"……."

—오늘 또 늦어?

"그게 아니고……."

—뭐야? 지금 방송 녹화 중이야? 아내에게 사랑한다는 말
들어야 하는 미션 같은 거?

"태리 여고 때 시작된 비밀 말이야……."

—응?

"그 비밀 내가 다 알고 있다. 깔끔하게 갈라서자."

—석후 씨.

"……."

—뭐야? 무슨 말인지 설명을 해야지. 앞뒤 다 자르고 여고
때 비밀이라니? 그 나이 때에 비밀 하나쯤 없는 사람 있어?

홍태리가 되묻자 이석후의 시선이 창규에게 향했다. 낭랑하
게 구르는 홍태리의 목소리. 이석후는 아내를 믿는다는 눈빛
이었다. 그제야 창규가 종이에 쓴 이름 하나를 들어 보였다.

김기찬.

홍태리가 모를 리 없는 이름이었다.

—……!

이름을 전하자 홍태리 쪽의 분위기가 변했다. 눈앞에 없음
에도 서늘한 분위기가 감지된 것이다.

—석후 씨…….

홍태리 목소리에 균열이 느껴졌다.

"쉬잇!"

창규가 손가락으로 입술을 가리켰다. 잠시 반응을 보자는
뜻이었다.

—…….

홍태리는 한동안 침묵했다.

한 번 더 강조하세요.

창규의 사인이 떨어졌다.

"김기찬!"

—당신이 그걸 어떻게…….

끊으세요.

창규의 사인이 이어졌다. 이석후가 미적거리자 창규가 종료
버튼을 눌렀다. 홍태리는 바로 전화를 걸어왔다.

"받지 마세요."

창규가 잘랐다.

"이봐요."

"아예 잠깐 꺼두시죠."

창규의 눈빛에는 점점 더 무게가 더해졌다. 이석후는 별수 없이 전화기를 꺼버렸다.

"대체 무슨 일입니까? 김기찬은 또 누구고?"

이석후의 목소리가 바빠지기 시작했다.

"말 못 합니다."

"뭐요? 왜 말을 못해요?"

"당신의 비밀은요?"

창규가 되받았다.

"뭐라고요?"

"당신의 비밀을 홍태리에게 전부 까발려도 되겠습니까?"

"그, 그건……."

"홍태리 씨도 마찬가지입니다. 서로 매장되는 결과를 원하는 건 아니겠지요?"

"하지만 무슨 일인지는 알아야 하잖습니까?"

"당신의 비밀이 알려지길 원하지 않는 한, 그녀의 비밀도 알려 드릴 수 없습니다. 하지만 변호사로서, 내 의뢰인인 당신이 이혼을 원함에도 그녀가 부득 응하지 않는다면 그녀 본인에게 주지시켜 줄 수는 있습니다."

"……."

"그게 가장 깔끔하지 않을까요? 서로의 이미지 훼손도 크지 않을 테고."

"의뢰인이라… 아직 당신에게 의뢰를 한 건 아닙니다."

"지금 하게 될 겁니다."

"뭐라고요?"

"3억. 당신도 3억씩이나 준 게 알려지면 곤란할 테니 이면 계약서를 쓰지요. 정식 수임료는 3천만 원 정도로 하고."

"……."

"사인을 하고 착수금으로 총액의 30%를 주시면 홍태리 씨를 찾아가 이혼소송을 위임받았음을 밝히겠습니다. 물론, 당신이 내 의뢰인이니 당신 쪽 명예를 최우선으로 지켜드리죠."

"푸우, 혼인신고한 지 일주일도 안 됐는데……."

"기왕 엎을 판이라면 빨리 엎는 게 좋지 않을까요?"

"이봐요."

"아니면 내가 홍태리의 편에 설 수도 있습니다. 홍태리 쪽의 수임 변호사……."

슬쩍 압박하는 창규.

"그럼 대체 팬들에게 뭐라고 설명하란 말입니까?"

"그건 당신 소속사가 할 일이지요. 그러라고 거액의 에이전시 비용을 주고 있는 거 아닌가요?"

"……."

"성격 차이라고 하세요. 신혼 첫날밤, 알게 되었다. 서로의 가치관이 다르다는 거. 인생이라는 긴 여정을 함께 갈 수 없을 정도의 차이이기에 쿨하게 헤어지기로 했다."

"그게 먹히겠습니까? 사람들이 저를 얼마나 경솔한 사람으로 보겠습니까? 내가 쌓은 명예와 명성이 전부 날아간다고요."

명예와 명성.

거기서는 진심 죽통을 한 방 날리고 싶었다. 그건 명예나 명성이 아니었다. 그저 화려한 일탈과 과시의 연회에 불과할 뿐. 인기라는 허상의 향연에 불과할 뿐.

"그래도 진실을 밝히는 것보다는 백배 나을 텐데요?"

"······!"

"이거 없는 일로 벌어지고 있는 게 아니라 팩트입니다. 그걸 주지하셔야죠."

"대체 누굽니까?"

이석후가 뾰족한 시선을 겨누었다.

"뭐가요?"

"이 사건의 배후··· 이혼소송을 벌이더라도 누가 나를 죽이려는 건지는 알고 싶습니다."

"말했을 텐데요."

"언제요?"

"운명이라고."

"지금 사람 가지고 노는 겁니까? 그게 말이 돼요?"

쾅!

발끈한 이석후가 테이블을 치며 일어섰다.

"흥분하지 마세요. 당신은 당신의 이혼을 원하는 사람을 이길 수 없습니다. 그는 당신의 모든 것을 알고 있으니까요."

"이봐요!"

"당신, 어젯밤… 아니, 정확히 말하면 오늘 새벽 1시 8분 전부터 꼬냑을 마셨죠? 최고급에 속한다는 X.O급으로 말입니다. 처음에는 프로그램 같이 하는 예능인과요. 하지만 그들이 간 뒤에도 자리를 옮겨 또 한 병. 술은 같은 꼬냑으로 마셨습니다. 첫 안주는 햄이었고 나중에는 생율을 먹었군요. 물론 딱 두 개 집어먹고 말았습니다만."

"……!"

"그가 보낸 자료를 계속 알려 드릴까요?"

"당신……."

"아침은 가정부가 갈아준 당근 주스를 마셨어요. 딱 두 모금이네요. 대신 생수에 얼음을 채운 물은 두 잔이나 거푸 들이켰군요. 아닙니까?"

"어떤 새끼가 내 주변에 CCTV나 몰카 깔아놨어? 그런 거야?"

몸을 날린 이석후가 창규의 멱살을 잡아챘다.

"이러시면 곤란합니다만."

"닥쳐. 뭐야? 대체 누구하고 손잡고 나를 죽이려는 거야?"

"의뢰인님!"

대답하는 창규의 눈에서 싸아한 한기가 흘러나왔다. 기세에 놀란 이석후가 움찔거리자 창규가 묵직하게 말을 이었다.

"당신 바보야? 나는 당신을 살리려는 사람이야."

"뭐라?"

"당신을 죽일 거였다면 비하인드 스토리를 터뜨리면 그만이지 뭐 하러 이런 수고를 할까? 그거 인터넷과 방송가에 뿌리면 당신은 바로 매장이고, 만약 돈이 목적이었다면 당신에게 은밀히 접근해 몇십억 내놓으라고 했으면 그만 아니었을까?"

"……!"

"다시 말하지만 나는 당신을 살리려고 이러는 거야. 앞서 말한 방법보다 이 방법이 당신에게 미치는 데미지가 가장 적다는 거 몰라?"

"그럼… 진짜 원하는 게 뭐야?"

"몰라서 물어? 이혼소송이니까 이혼이지."

"그 의뢰인이라는 인간, 설마 홍태리의 광팬?"

"그렇게 광팬이라면 왜 이제 와서 이럴까? 당신이 결혼하기 전에 당신의 치부를 알려 판을 깨려고 했겠지."

"……!"

"일단 이 손부터 치워주실까요?"

창규의 시선이 이석후의 손을 가리켰다. 그때까지도 이석후는 창규의 멱살을 쥐고 있었다.

"살 만하군."

멱살이 풀리자 창규는 목을 움직여 숨통에 여유를 주었다.

"사인하시죠."

창규가 계약서를 가리켰다. 거역할 수 없는 몸짓이었다.

"……."

"여기와 여기……."

"미치겠네."

진퇴양난에 몰린 이석후는 신경질적으로 사인을 휘갈겼다. 그런 다음 격하게 소파에 등을 기댔다.

창규의 말에는 나름 일리가 있었다. 이석후의 모든 게 공개되면 방송은커녕 밖에 나가지도 못할 판이었다. 최악의 경우를 가정하면 최상의 곤란에 불과할 일. 이석후는 공박할 여지가 없었다.

"고맙습니다. 의뢰인님."

"……."

"하루 드리죠. 돌아가서 홍태리 씨랑 마무리를 지으세요. 그럼 쿨하게 합의이혼으로 갈 수 있습니다. 법정에 서면 아무래도 서로의 치부를 깔 수밖에 없을 겁니다."

"……."

합의이혼 쪽으로 몰았다. 창규의 전략이었다. 혼귀들의 옵션은 444건. 그걸 법정에서 해치우려면 얼마의 기일이 걸릴지도 몰랐다. 소송 하나가 수년씩 끌게 된다면 대략 난감. 속전속결로 가자면 합의이혼이 최고였다. 어차피 '이혼'이 되는 건 마찬가지였다.

"혹시라도 홍태리 씨가 천박한 본성이라 너 죽고 나 살자는 식으로 나온다면 잘된 거 아닙니까? 본격적으로 살기 전에 미리 본성을 알게 되는 셈이니까. 시간이 오래 지나면 정말… 재산 분할이니 위자료니 양육권이니… 피 터지는 진흙탕 싸움이 될 수 있습니다."

"기막힌 위로로군요."

이석후가 냉소를 뿜었다.

"마무리가 안 되면 제게 다 떠미십시오. 이제부터 내가 당신의 입입니다. 변호인이란 게 그래서 필요한 거지요. 솔직히 3억이면 작은 돈도 아니고……."

"그 의뢰인인지 나발인지, 어떻게 우리 부부 양쪽의 정보를 얻었는지 모르지만 언젠가는 누군지 알게 될 거요. 혹시라도 꼼수를 부려 우리 부부를 엮은 거라면 나중에라도 당신과 함께 묶어서 복수할 거요. 나도 그 정도 능력과 인맥은 되는 사람이니까."

"얼마든지!"

"젠장!"

이석후는 짜증을 작렬하며 상담실을 나갔다.

"변호사님……"

잠시 후에 미혜가 들어섰다. 궁금한 게 한둘이 아닌 표정이었다.

"왜? 사인받으려고?"

"그럴 분위기가 아니던데요."

"이석후가 방송에서 보던 것보다는 소심하고 짜증도 쩔지?"

"어머, 정말 이혼소송 의뢰했네요?"

테이블의 서류를 본 미혜 눈이 휘둥그레졌다.

"사무장 스카우트는?"

"언니랑은 오늘 만나기로 했어요."

"그럼 이 건으로 떡밥을 놔도 좋아. 내용이야 비밀에 붙여야 하지만 이석후가 우리 사무실에 이혼소송을 맡긴 것까지 숨길 필요는 없으니까."

"저 기분 묘해요."

"내가 이런 대박 소송을 맡아서?"

"아뇨. 이석후 말이에요. 이혼소송이 성공하면 품절남에서 돌싱남이 되잖아요? 신혼이라야 며칠 되지도 않았으니 기혼자라고 할 수도 없고… 그런데 왜 기분이 좋기도 하고 슬프기도 할까요?"

"미혜 씨!"

"죄송합니당."

미혜는 코맹맹이 소리를 내며 얼굴을 붉혔다.

여자의 마음이란 참······.

그날 저녁.

창규는 승하를 재우고 서재에 들어섰다. 병원에 다녀온 순비도 까무룩 잠이 들었다. 의료 검사가 많아 피곤한 하루였던 모양이었다. 서재의 불은 켜지 않았다. 창과 커튼을 넘어오는 푸르스름한 여명을 불빛을 보니 두둑이 떠올랐다. 소리없이 두둑을 꺼냈다.

'두둑······.'

아르메니아.

노아의 방주.

선택된 한 쌍들.

남의 나라 피리라서 그런지 연결되는 단어도 많았다. 남의 나라 피리라서 그런지 아직도 생소했다. 하지만 누가 뭐래도 창규에게 기연을 안겨준 피리였다. 허준의 동의보감 비기(?)로도 해결하지 못한 귀신을 만나고 먹어치우게 한 것이다.

확실히 현실이라는 노아의 방주에 내리던 비는 그쳤다. 창규는 선물로 주어진 쌍식귀와 함께 법조계에 상륙한 것이다.

이석후.

그는 제대로 녹여놓았다. 눈치로도 알 수 있었다. 반감과 의구심을 가지고 있지만 그 자신의 비밀스러운 치부가 적나라하게 드러난 상황.

홍태리.

그녀는 아직 의문부호를 뗄 수 없었다. 이석후의 말은 어디까지 먹힐까? 간단하게 끝내려면 박재구와 윤여도, 김기찬의 삼종 세트를 풀면 될 일이었다. 그렇게 되면 홍태리도 매장이었다. 박재구와 윤여도도 동반 매장이다. 사건이 커지면 홍태리는 지구 끝의 원주민 부락으로 이민을 가야 할지도 몰랐다.

그 전에 기회를 주었다. 창규의 자비심이었다. 그러나 물증을 들이대지는 않은 상황. 혹 모를 인간의 의심과 만용이 작용한다면 순순히 받아들이지 않을 수도 있었다.

일단······.

아침이 되면 알겠지.

두둑을 내려두고 아내 곁으로 돌아왔다. 숨결을 느낀 순비가 창규 품을 파고들었다.

밤이 신나게 깊어갔다.

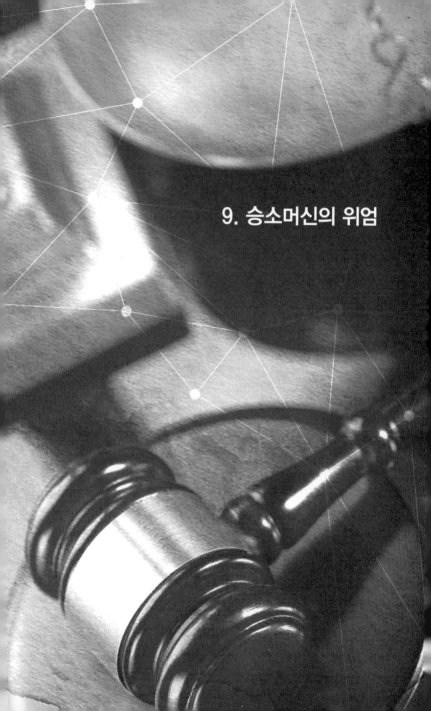

9. 승소머신의 위엄

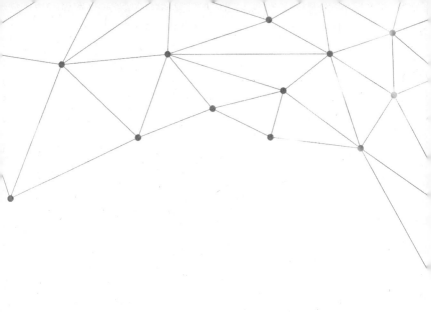

　아침, 창규는 즐거운 마음으로 출근을 했다. 오늘은 의뢰가 들어올까 하고 처진 어깨로 차에서 내리던 모습은 먼 구석기의 일로 돌아갔다. 육경욱의 전용 파킹 자리는 비어 있었다. 생각할 것도 없이 그 자리를 차지했다. 지난번에 테러를 당한 이후로 육경욱의 주차 권세는 조금 시들해졌다.

　저만치 돌아나가는 마금자의 세단이 보였다. 아직도 아들의 행방을 찾아 헤매는 모양이었다.

　땡!

　엘리베이터가 멈췄다. 3층의 최고 명당으로 불리는 1호 법률 사무실은 아침부터 분주했다. 다음은 육경욱의 2호실 사무실. 거긴 아직 불빛이 없었다. 몇 발을 걸으니 복도 끝이 밝아보였다.

'미혜 씨······.'

창규는 불빛의 근원을 알았다. 공미혜가 일찌감치 출근한 것. 그 증거는 원두커피를 내리는 향기였다.

"미혜 씨, 좋은 아침!"

창규는 밝은 표정으로 사무실 문을 열었다.

"어머, 일찍 오셨네요?"

그녀가 꾀꼬리 소리로 화답했다.

"언제 온 거야? 밤새운 건 아니지?"

"조금 전에 왔어요. 커피 드려요?"

"좋지. 정수라 씨 만났어?"

"네, 얘기 잘됐어요. 그렇잖아도 이제 애가 좀 커서 일 좀 알아볼까 생각 중이었는데 다시 시작하는 마음으로 해야겠다고 하더라고요."

"잘됐네."

"오전 중에 나와본다고 했어요. 자세한 건 변호사님이랑 얘기하라고 했거든요."

"좋았어."

"커피 맛은요?"

"그 또한 좋지."

향을 음미한 창규가 웃었다.

책상으로 자리를 옮긴 창규, 전화기를 확인했다. 이석후의 연락은 없었다. 홍태리의 연락도 없었다. 조금 의아했다. 그들에게는 전시 상태나 다름없을 일. 그런데 아침이 되어도 먹통이다?

'둘이 대판 붙었나?'

'아니면 둘 다 충격을 받아 술이 떡이 되어서 뻗어?'

둘 다 가능성이 있었다. 웬만한 트러블도 아니고 이혼이었다. 더구나 서로의 치부가 적나라하게 언급될 자리였다. 눈앞에 물증이 없으니 상호 자기 방어만 되풀이했을 수도 있었다.

하지만!

창규의 다양한 추측은 전부 빗나가 버렸다. 느닷없이 등장한 변호사 한 사람이 그걸 신랄하게 확인시켜 주었다.

"강 변호사님?"

이혼법률과 판례를 뒤지던 창규가 시선을 들었다. 불시에 방문한 사람은 윤여도 회장의 고문 변호사 강성갑이었다.

"홍태리, 이석후 부부 알지?"

그의 입에서 익숙한 이름들이 나왔다.

"예."

간단하게 대답했다. 지금 창규가 작업 중인 사람들이 아닌가?

"두 사람이 강 변을 명예훼손 및 공갈 협박에 관한 죄로 고소하겠다고 나를 변호인으로 선임했어."

"예?"

명예훼손 및 공갈 협박?

창규의 머리에 짜릿한 전류가 스쳐갔다.

무소식이 희소식이라는 말은 어떤 허접한 인간이 지어냈을까? 이제 보니 홍태리와 이석후, 밤새 잔머리를 굴리다 한통속으로 뭉친 모양이었다. 하긴 그렇다. 인간이란 커다란 위기가 닥치면 뭉치는 성향이 있었다.

"무슨 말씀이신지 이해가 안 가는군요."

창규는 일단 예봉을 비켜섰다. 그 한마디만으로 섣부르게 대응할 수는 없는 일이었다.

"이석후 씨 이혼소송 대리인 맡기로 했다면서?"

강성갑은 이석후에게 써준 계약서를 꺼내놓으며 남은 말을 이었다.

"이거 협박 및 극도의 혼란 속에서 작성된 거라고 하더군. 그럼 계약 원천 무효라는 건 강 변도 잘 알 테고……."

"……."

"게다가 이 계약서는 형식적이고 성공 사례금 형식으로 2억 7천만 원 뒷돈을 요구… 이건 칼만 안 들었지 아예 날강도 아닌가? 한두 배도 아니고… 해먹으려면 정도껏 해먹어야지."

"……."

"자칫하면 변호사 윤리 위원회에 회부되어 제명되는 수가 있네."

"……."

"다행히 아직 법원에 소를 제기한 건 아니네. 나한테 먼저 연결되는 통에 내가 설득했지. 만나서 이야기를 해보겠다고."

"……."

"사실 지난번에 강 변 덕분에 윤 회장님에게 체면치레가 된 이유도 있고……."

넌지시 윤 회장 이름을 들먹이는 강성갑. 지난 카지노 원정 도박 변론에서 납품 서류는 강성갑이 맡았다. 엄밀히 따지면 창규가 차린 밥상에 숟가락을 올린 셈. 지금 말하는 의미가 그것이었다. 그럼에도 불구하고……

그는 필요 이상으로 여유가 있어 보였다. 무엇 때문일까?

'사고……'

감이 왔다.

밤새 일이 벌어졌다. 홍태리와 이석후의 담합으로 보였다. 둘은 아직 부부의 몸에 동병상련의 처지. 창규의 입을 통해 각자의 치부가 발각될 지경에 이르렀지만 그 증거가 보여진 건 아니었다.

'증거 없는 제보라면⋯⋯.'

둘은 하나의 결론에 도달하게 되었다. 인맥을 동원해 별 볼일 없는 변호사 한 놈 밟아버리면 그만이었다. 윤 회장의 고문 변호사가 낙점되었다면 윤 회장이 개입했다는 추론이 가능했다.

윤 회장은 왜 개입했을까?

당연히 홍태리와의 관련성으로 보였다. 그녀는 윤 회장과 살을 섞은 사이. 특이(?)한 섭취물을 받아먹기도 했던 관계. 자신의 편에 서서 감쪽같이 일해줄 사람이라면 윤 회장이 꼽힐 일이었다. 윤 회장 역시 홍태리의 SOS를 묵과할 수 있는 처지는 아니었다.

'이런 경우는⋯⋯.'

창규는 잠시 골똘해졌다. 이야기가 이런 식으로 압박을 받게 되면, 혼귀왕들이 바라던 천생연분의 미션은 어려워진다. 변호사에 변호사, 소송에 소송⋯ 난타전에 장기전이 되다 보면 일 년에 한두 건 처리도 바쁠 판이었다.

그들은 귀신. 조물주는 아니지만 신으로 불리는 존재들이 그걸 생각 못 했을까? 칙칙한 곳에 결계를 세우고 저주나 뿜다 보니 복잡다난해진 사회구조에 대해 감이 떨어진 건가. 거기에 대한 독박은 창규가 써야 하는 거란 말인가?

'웃!'

초조해지는 사이에 돌연 심장에 불덩이가 후끈 느껴졌다. 그 느낌이었다. 이석후와 홍태리의 섭취물을 체크할 때의 그 감정…….

'불기둥 같은 시기심과 얼음폭풍 같은 냉혹함.'

설마 하는 사이에 강성갑의 섭취물들이 저절로 리딩되기 시작했다.

'맙소사!'

창규는 자기 입을 막았다. 테스트 카드가 아니었다. 그 세 장은 이미 소진해 버린 것. 그럼에도 선명하게 발현되는 식귀들의 능력. 이제 보니 이혼의 당사자뿐만 아니라 관련자들의 섭취물도 분석이 가능한 시스템이었다.

"빙고!"

궁지에 몰렸던 창규, 자신도 모르게 소리 내어 외쳤다.

"뭐라고?"

강성갑이 눈살을 찡그렸다. 상관없었다. 식귀들의 능력이 통하는 한 강성갑 또한 창규의 밥일 뿐이었다. 그럼 식사 개시?

[어제 먹은 모든 것]

귀안(鬼眼)으로 변한 창규가 강성갑의 섭취물 디렉토리 리딩에 돌입했다. 폴더에서 아침과 점심 것은 살포시 밀어내고 하위 파일을 보았다. 섭취한 음식물들이 가지런히 정렬되었다. 저녁부터 먹은 건 그리 많지 않았다. 감칠맛의 도미 회였다.

잡다한 해산물 스키다시들도 보였다. 사케에 이어 커피 한 잔을 꿀꺽. 달달한 카페모카다. 마지막은 좀 나가는 사람들이 마신다는 로얄 살루트와 함께 계절과일이 보였다. 속 챙긴다고 속 푸는 약과 물을 섭취한 게 끝이었다.

술 마시고 술 푸는 약 먹기.

이렇게 확인하니 인간처럼 어리석은 동물도 없었다. 애당초 해로운 걸 안 마시면 될 걸 굳이 마셔놓고 속을 걱정하다니……. 병 주고 약 주고라는 말의 기원이 이런 게 아닐까 싶었다.

수순으로 보아 도미부터 리딩했다. 먹은 장소와 동석자들이 보였다. 장소는 호텔의 일식전문관, 동석자는 예상대로 윤 회장과 홍태리 부부였다.

홍태리가 강성갑에게 설명을 하고 있었다.

"질 나쁜 변호사에게 스캔들 협박을 받고 있어요."

"카더라 하는 건 연예인들에게는 흔한 일이에요."

"사실이 아니더라도 공개되면 머리 아파요."

"좀 도와주세요."

"부탁드립니다."

이석후도 마지막 한마디를 보탰다.

질 나쁜 변호사.

창규의 핏대 게이지가 확 올라갔다.

"강 변호사가 한 번 만나서 알아듣게 얘기하시게. 홍 양 얘기를 들으니 강창규가 누군가 악의적으로 조작한 스캔들을 믿고 이혼소송 운운하는 거 같던데."

사케 잔을 내려놓은 윤 회장은 홍태리 편이었다. 어찌 아니 그럴까? 그는 이석후에 앞서 홍태리를 시식한 남자. 이럴 때 도와주면 앞으로도 껄떡거릴 발판이 될 일이었다.

부탁드립니다.

홍태리 부부는 봉투를 꺼내놓고 퇴장했다.

강성갑과 윤 회장은 '고급 바'로 자리를 옮겼다. 술과 과일 안주가 나왔다.

"어떠신가? 홍태리는 갔으니……."

윤 회장이 물었다.

"홍태리 부부의 말이 맞는 것도 같군요. 증거는 보여주지 않고 정황만 강조하고 있다면 그 부부를 음해, 시기하려는 누군가가 악의적으로 의뢰를 했을 수도 있습니다."

"홍태리가 눈물로 하소연을 했어. 게다가 다른 사람도 아니고 강창규가 변호인이라면 원만한 수습이 가능할 것도 같아서……."

"……."

"강창규 만나서 적당한 방법으로 구슬리시게. 홍태리 쪽에서 성의금 정도는 내줄 수 있다니 적당히 의뢰인 입 막고 종결하는 걸로."

"그렇게 하죠. 직접 증거가 없다면야 강창규도 알아들을 겁니다."

"애 좀 써주시게. 아, 막말로 사회생활하는 남녀가 스캔들 하나 없는 사람 어디 있나? 강 변호사도 예전에 필리핀 골프 갔을 때 내가 현지 여대생들 쓰리썸으로 안겨줬잖아? 그거 집에서 알면 다 난리날 일이지만 다들 그렇게 사는 거지. 안 그래?"

"……."

쓰리썸.

강성갑의 얼굴이 필리핀의 피타누보 화산만큼이나 뜨끈해지는 게 보였다.

"큼큼."

괜한 헛기침도 작렬한다. 그의 치부가 느닷없이 드러나는 순간이었다. 윤 회장과 헤어진 강성갑이 차량 뒷좌석에서 쇼핑백을 열었다. 그림을 보니 넛데백화점의 쇼핑백. 안에 든 건 착수금 2천만 원이었다.

정황으로 보아 누군가 홍태리 부부의 사생활을 캤다. 완전한 조작은 아니었다. 완전한 조작이라면, 홍태리 부부 쪽에서 경찰에 수사 의뢰를 할 일이지 돈 봉투부터 내줄 리가 없었다.

그러나 나쁘지 않았다. 부부 말에 따르면 의뢰자는 증거가 없다. 있다면 보여주지 않을 리가 없었다. 백 마디 말보다 하나의 증거가 더 파괴력을 갖기 때문이었다.

'빙고!'

현금을 바라보는 그의 표정이 그랬다.

빙고!

강성갑의 섭취물 디렉토리를 펼쳐놓은 창규의 표정도 그랬다. 이것만으로도 강성갑은, 야구로 치면 삼구 삼진이었다.

"선배님."

창규는 매너를 갖춘 목소리로 포문을 열었다. 이런 목소리가 무섭다. 핏대를 올리는 건 사실, 저렴한 감정 표현에 불과하다. 치명타를 노리는 사람은 격한 감정을 앞세우지 않는다. 이제 그것까지 마스터하는 창규였다.

"뭔가?"

"쇼핑백 말입니다."

"……?"

"홍태리 부부가 건네준 넛데백화점 것……."

"……?"

"안에 2천만 원이 들어 있었죠?"

"……!"

챙강!

놀란 강성갑이 커피 잔을 떨어뜨렸다. 잔이 깨지며 테이블이 엉망이 되었다.

"아, 그냥 둬. 하던 이야기 마저 하고……."

미혜가 다가오자 창규가 손을 들었다. 지금 그게 중요한 게 아니었다.

"백제호텔의 일식 전문 레스토랑……."

"강 변……."

"하나 더 말씀드려요?"

"……?"

"필리핀 골프… 윤 회장님과 함께 갔던……."

"……."

"거기서 재미난 일이 일어났었죠. 초보 쓰리썸? 둘은 원주민 아가씨고 하나는 이주민 사이에서 난 아가씨였죠?"

"……!"

"아까 제게 그러셨나요? 변호사 윤리 위원회에서 제명당할 수도 있다고."

창규의 눈빛이 강성갑을 겨누었다.

너도 안전한 건 아니야.

알아?

초강력 레이저가 발사되었다. 눈빛에 눌린 강성갑은, 뱀 앞의 개구리처럼 꼼짝도 할 수 없었다.

"저, 홍태리 부부를 공갈 협박 하는 거 아닙니다. 증거는 그들에게 미칠 파급을 생각해서 제시하지 않은 것이지 없는 게 아니거든요. 선배님이 그렇듯, 그들 부부에게 일어난 사실이며, 선배님이 막을 수 있는 일이 아닙니다. 물론, 윤 회장님도……"

"……"

"기왕 관여를 하셨으니 선배님 체면은 세워드리죠. 그러니 적당한 선에서 입장 정리를 하고 빠지세요."

"어, 어떻게?"

"이 계약서는 이석후 씨에게 돌려 드리시고… 일단 돌아가 계시면 제가 궁리를 해보겠습니다. 선배님 입장도 세워 드리고 홍태리 부부의 반발도 일축할 수 있는……"

"강 변……"

"홍태리 부부는 이혼합니다. 선배님의 상황보다 더 결정적인 것들이 많거든요."

"……"

"그러니 공연히 유탄 맞지 마시고 협조 부탁드립니다."

"……"

"미혜 씨, 여기 테이블 정리 좀 부탁해요."

그것으로 강성갑과의 대화는 끝이었다. 주도권은 이미 창규에게 넘어와 있었다. 바지에 묻은 커피를 주섬주섬 닦아낸 강성갑은 식은땀을 흘리며 일어설 수밖에 없었다.

쇼핑백의 2천만 원.

필리핀에서 일어난 하룻밤의 일탈.

그걸 CCTV 본 듯 알고 있다니······.

이건 증거의 문제가 아니었다. 초강력 팩트 폭격을 당한 강성갑의 다리는 미친 듯이 후들거렸다. 지상 최강의 패닉이었다.

"고마워요."

저녁 무렵 창규는 엘리베이터 앞에서 사무장 후보 정수라를 배웅했다.

"아뇨. 저도 같이 일하게 되어서 좋아요. 사실 미혜 얘기 듣고는 조금 망설였는데 만나보니 소통이 되는 분 같아요."

"좋게 봐주셔서 고맙습니다."

"그럼 내일부터 본격 출근할게요."

"오늘부터 일한 거나 다름없지요. 오늘 일은 따로 보너스로 챙겨 드리겠습니다."

"쿨하시네요. 이런 분이 전에는 왜 그렇게 일이 안 풀렸을까?"

정수라가 엘리베이터에 올랐다.

"언니 잘 가요. 아니, 이제 사무장님이시지."

따라 나온 미혜도 기꺼운 표정이었다.

"느낌 좋은데?"

사무실로 돌아온 창규가 말했다.

"그렇죠? 일할 때는 제대로고 쉴 때는 정감 있고."

"이제 남자 직원만 하나 더 구하면 되는 건가?"

"그것도 사무장님께 맡기시는 게 어때요?"

"아는 사람 있는 눈치야?"

"그런 거 같아요."

"그럼 그렇게 하자고."

"저녁 출장도 수행해 드려요?"

"무슨 수행씩이나. 얼른 퇴근이나 해."

"헤헷, 먼저 가려니 미안해서 그러죠."

"그럴 필요 없어. 사무장이 와도 할 일 중심으로 근무해. 괜히 눈치 보면서 미적거릴 거 없어."

"알았어요. 그럼 저 먼저 가요."

"오케이!"

"변호사님!"

가방을 챙겨들고 문 앞까지 도착한 미혜가 돌아보았다.

"왜 또?"

"이건 그냥 주제넘은 제 예감인데요, 이번에는 변호사님 진짜 잘될 거 같아요."

"그래?"

"하지만 조금 걱정도 있어요."

"뭔데?"

"변호사님이요… 전에는 좀 헐렁해 보였는데 지금은 아니 거든요. 사람들 대하는 걸 보면 막 카리스마가 넘쳐요. 그런 데 그 카리스마가 좀 오싹해요. 너무 몰입하셔서 그러는 건 지……."

"……?"

"그것만 조금 조율이 되면 진짜 승소머신이 되어 서초동 법 조계를 장악할 것 같은… 이상으로 오늘의 주제넘은 촌평이 었습니다아~"

미혜는 살짝 상기된 표정을 남기고 퇴근을 했다.

오싹하다?

그 말에 웃고 말았다. 가끔은 창규도 그런 생각이 들었다. 쌍식귀의 능력이 전이되고 발현될 때. 그때마다 심장과 혈관 을 스쳐가는 불덩이와 얼음장의 감정. 그게 타인에게도 느껴 지는 모양이었다.

'얻는 게 있으면 잃는 것도 있는 법.'

긍정적으로 받아들였다. 전에 헐렁했다는 건 무능력에 빗 댄 미사여구에 다름 아니었다. 의뢰인이 오면 비굴했고, 재판을 시작하면 초조했다. 연전연패의 이미지와 후유증은 벗어나기 힘든 올가미였다.

하지만 지금은 그렇지 않았다. 적어도, 일이 즐거워졌다. 상대의 패를 볼 수 있다는 건, 전관예우에 못지않은 파워가 분명했다.

머릿속은 이내 정리가 되었다. 창규는 바로 수화기를 들었다. 강성갑 변호사를 호출했다. 4자 대면을 청했다. 홍태리 부부와 그들의 소송과 변론을 맡게 되었다는 강성갑, 그리고 창규.

무난한 이혼.

처음에는 그 길을 모색했다. 혼귀들도 만족시키고 홍태리 부부의 비밀도 지켜주면서 끝났으면 하는 바람. 혼귀들의 주문이 '닥치고 이혼'인 까닭이었다. 느닷없이 필생의 비밀이 뽀록난 두 사람. 그것으로 인해 뒤집어질 일상. 그 충격을 줄여주고 싶었던 것.

하지만 생각을 바꾸었다. 이혼이란 거. 좋아하는 사람들이 갈라선다는 거. 좋은 얼굴로 빠이빠이를 외칠 수 있는 일이 아니었다. 게다가 뒤통수를 노리다니······.

'피눈물을 뿌리게 만들어라.'

'철천지원수로 만들어라.'

어쩌면 혼귀들의 희망이 진리인지도 몰랐다.

'출정이다!'

창규는 몇 가지 자료를 챙겨 들었다. 정수라가 확보해 온 자료였다. 홍태리 부부가 확인하고 싶어 하는 증거. 정수라는 이 방면에 탁월했다. 그렇기에 외국의 자료까지도 일부 확보한 것이다.

'헤이, 가면 뒤에서 호박씨 까대던 연예인 커플님들.'

'니들 이제 다 죽었어.'

창규는 어느 때보다 박력 있게 가속기를 밟았다.

분위기는 싸했다.

여전히 남들의 이목이 두려운 홍태리와 이석후. 기획사에서 쓰는 별관 사무실 하나를 정해 네 사람이 만났다. 이제 변호사까지 내세운 홍태리 부부는 비교적 여유가 넘쳤다.

"저를 상대로 명예훼손과 공갈 협박 고소를 제기한다고요?"

창규가 운을 뗐다.

"변호사에게 모든 걸 위임했습니다. 할 말 있으면 강성갑 변호사님이랑 하시죠?"

이석후가 변죽을 울렸다.

"그 건으로 가기 전에 이혼소송부터 매듭을 지어야 해서 말입니다."

"바로 그것 때문에 소송을 위임한 겁니다만."

"제가 한 말이 다 명예훼손이자 공갈 협박이다?"

"우린 더 할 말 없습니다. 나머지는 우리 변호사랑 법적으로……."

이석후가 홍태리를 데리고 일어섰다.

턱!

지켜보던 창규가 사진 몇 장을 테이블 위에 던져놓았다.

"……!"

멋대로 펼쳐진 사진을 보던 부부의 얼굴에 핏발이 곤두서는 게 보였다.

턱!

뒤를 이은 건 USB였다. 아울러 두툼한 일지 형식의 참고 서류까지 올려놓았다.

"나가세요. 두 분이 눈으로 보길 원하는 자료를 가지고 왔습니다만 변호사끼리 이야기하라니 별수 없지요."

창규 손이 문을 가리켰다. 하지만 이석후는 반대로 움직였다. 테이블에서 아른거리는 사진들. 찔리는 데가 있으니 그냥 갈 수 없었다.

그는 돌아서서 테이블의 사진을 집어 들었다. 홍태리도 다르지 않았다. 그녀 역시 사진 한 장을 집어 들었고 이내 눈알이 뒤집히고 말았다.

'쉿!'

이석후가 집은 건 신혼여행의 호텔 복도 사진이었다. 거기

앞방 문을 열고 들어가는 이석후가 보였다. 시간이 표시된 사진에서 이석후가 나왔다. 마지막 사진은 앞쪽의 호실 번호를 확인하고 진짜 신혼 룸으로 들어가는 장면이었다.

"……!"

홍태리의 것은 김기찬 교수와의 밀애 장면이었다. 그들이 비밀스레 만나는 오피스텔의 입구와 복도, 정답게 팔짱을 끼고 드나드는 모습들. 홍태리의 손가락에 끼워진 결혼반지가 아닌 또 하나의 반지. 거기에 더해 홍태리가 임신중절을 받은 병원의 모습과 그 벽에 걸린 원장의 사진까지…….

"……!"

부부는 급성 경련중이라도 걸린 듯 와들거렸다. 그 앞에서, 창규는 시위를 하듯 USB와 자료를 들어 보였다.

'봐.'

'여기 또 있거든.'

'너희들이 원하는 증거.'

그사이에 홍태리가 이석후의 사진을 가로챘다. 이석후가 홍태리 친구의 방에서 나오는 모습이었다. 도끼눈이 이석후를 향했지만 이석후 역시 홍태리의 사진을 낚아채 확인하느라 바빴다.

"이 인간이랑?"

이석후의 눈에서도 레이저가 발사되었다. 사진 속의 인물은 멋진 교수님이라고 소개까지 받았던 김기찬 교수였다.

"뭐야? 이 산부인과… 여기서 수술까지 받은 거야?"

"그러는 당신은 대체 누구랑 잔 거야? 세미? 혀나? 두아? 레미? 소라? 설마 걔들 넷하고 동시에?"

"선배님, 잠깐 자리를 좀 비워주시겠습니까?"

그쯤에서 창규가 강성갑을 돌아보았다.

"……."

"이분들이 원하는 자료를 확인시켜 드리려고 합니다. 일단 맛보기는 확인하셨으니 증거자료가 있다는 건 확인하셨죠?"

"그야……."

"그러니 이들 부부의 인격을 위해서라도……. 나머지는 나중에 따로 이들 부부의 의견을 들으시면 될 거 같습니다."

강성갑에게 꽂힌 창규의 시선은 부드러웠다. 그의 체면을 살려주는 것이다. 그 자신도 아킬레스건을 잡힌 강성갑. 찍소리 못 하고 문을 열고 나갔다.

"솔직히 여기까지 오고 싶지 않았습니다만 두 분이 제 뒤통수를 치니 어쩔 수가 없군요. 원하는 것들을 확인시켜 드릴 테니 시간을 내주시겠습니까? 보아하니 아주 바쁜 듯 보이셔서."

창규는 대놓고 변죽을 울렸다.

"이봐요!"

이석후가 목청을 높였다.

"목소리 낮춰요. 당신들이 지금 나한테 언성 높일 때입니까? 그 자료들 방송사에 뿌려줘요? 그럼 어떻게 될지 잘 알고 있겠죠?"

탕!

창규가 테이블을 내리쳤다. 둘은 잠시 찔끔하는가 싶었지만 흥분한 이석후는 더 참지 못하고 사진을 흔들어댔다.

"이 여자, 대체 이 교수랑 무슨 사이입니까?"

"그러는 너는? 인간의 탈을 쓰고 신혼 첫날밤에 내 친구들이랑 붙어먹어? 그러고 보니 너네 예능국에 도는 소문도 다 사실이구나? 새끼 여자 피디들 오면 건드리고, 프로그램 멤버 체인지할 때마다 신입 여자 출연자들이랑 초야를 치른다더니?"

홍태리가 질 리 없다. 창규는 냉혹한 목소리로 슬쩍 염장을 질러주었다.

"소문이 아니라 사실입니다. 신입 피디 유화경과 신참 방송인 조미연, 모델 이지니… 유화경과는 태국 파타야 촬영 때 촬영 장소 변경을 빌미로 만나 유화경의 방에서 거사를 치렀습니다. 태국 소주로 불리는 쌤쏭으로 간을 보았고. 조미연은 청담동 바에서 2003년산 그랑크뤼 와인인 샤토 팔머(Chateau Palmer)에 화이트 치즈를 안주로 마시며 작업을 하다가 튤립

무인호텔 306호실에서 속옷도 벗기지 않은 채 재주껏……."

"이 개자식!"

홍태리는 더 참지 못하고 들고 있던 사진을 이석후에게 집어 던지며 악을 썼다.

"이제 보니 조미연이랑 처먹던 와인을 나한테 권한 거야? 뭐보르도의 섬세하고 여성스러운 캐릭터가 특징? 그년한테도 그렇게 말했지? 속옷 입은 채로 하면 더 흥분된다는 것도 그년하고 하면서 익힌 테크닉이었어?"

"야, 홍태리, 결혼해도 사생활은 쿨하게 인정하자며?"

"사생활도 사생활 나름이지. 니가 인간이냐? 연예계에 소문난 여자 껄떡이 양성기도 너 같지는 않아."

"그러는 너는? 대체 너 누구 여자야? 이 늙은 교수 여자야? 아니면 내 여자야? 게다가 이 교수 애까지 가졌어? 너는 입이 열 개라도 할 말이 없어."

"나는 결혼 전 일이야."

"결혼 전 일? 그럼 이거 뭐야? 이 반지… 이 인간 사진 뒤쪽에 있는 거 보니 이 인간이 사준 거지?"

"맞습니다. 두 분이 몰디브로 여행을 갔을 때……."

이석후의 핏대에 창규가 기름을 부었다.

"진짜 이 여자 대책 없네. 너 나를 가지고 논 거야?"

"그러는 너는? 너는 내 평생 한 번뿐인 소중한 신혼 첫날

밤을 모욕했어. 너 그 호텔로 정하자고 한 거 다 속셈이 있었지?"

"첫날밤 좋아하네. 얼마나 경험이 많은지 헐렁헐렁하던데."

"그건 니 물건이 작아서 그런 거잖아?"

"나 표준이거든?"

"표준이 겨우 10㎝ 턱걸이냐?"

"니가 재봤어? 재봤냐고? 그리고 첫날밤 코 삐뚤어질 때까지 달리자고 한 게 누군데 그래?"

"코는 안 삐뚤어지고 잘난 물건 조준이 삐뚤어졌으니까 그러지. 정작 내 위에 올라오면 토끼처럼 끝내는 주제에 껄떡거리기는……."

"토끼이?"

허얼.

창규는 잠시 귀를 막았다.

차마 가관, 과시의 가면을 벗은 둘은 칙칙폭폭 막장까지 치닫고 있었다.

둘은 과연 천생배필이 아니었다. 무늬만 천생연분임을 셀프 인증하고 있는 것이다.

"제 생각에는 두 분 탈선이 막상막하라고 봅니다만… 홍태리 씨도 김기찬만 있는 게 아니죠."

창규가 또 한 번 기름 탱크의 밸브를 열어젖혔다. 기왕 불

붙는 거 화끈할수록 좋았다.

"또 있다고요?"

이석후가 경기(驚氣)를 했다.

"밖에 나간 강성갑 변호사, 어떻게 연결이 되었나요?"

다리를 꼬는 창규의 눈매는 이미 오싹하게 변해 있었다. 다른 때보다 더 심오했다. 시기의 불덩이와 냉혹한 얼음장. 두 감정이 극한으로 치달으며 파멸을 그리고 있는 것이다.

"윤여도 회장의 고문 변호사… 그럼 너 윤 회장하고도?"

이석후의 시선이 홍태리에게 옮겨갔다. 듣고 있던 창규가 사진 몇 장을 더 올려놓았다. 윤 회장의 별장이었다. 외제 세단에서 내리는 홍태리를 정원에 나와 있던 윤 회장이 반가이 맞이하는 장면이었다.

"이런 걸레 같은 년!"

마침내 이석후가 폭발을 했다.

"뭐? 걸레? 너 말 다 했어? 이 개 같은 놈아."

"개 같은 놈이라고? 이런 쌍! 늙은 개들하고 붙어 처먹는 주제에……"

짝!

최초의 파열음이 들렸다.

짝짝!

볼륨이 다른 크기의 파열음이 뒤따랐다.

우아하고 단아한 이미지로 가요계를 평정한 최고의 여가수 홍태리. 착실하고 모범적인 이미지로 예능 10년 권좌를 누려 온 이석후.

사랑보다 허영심으로 뭉친 둘은 상대를 남에게 자랑하기 좋은 팻쯤으로 생각한 걸까? 그렇기에 무너지는 속도 또한 가히 쓰나미급이었다.

'게임 오버.'

창규는 바닥에 뒹구는 자료를 챙겼다. 사실, 더 이상의 자료는 없었다. 이것 또한 정수라의 수완으로 구한 것들. 그녀는 그 방면에 탁월했다.

물증은 없되 팩트는 확실했던 창규. 몇 가지 간접 증거를 이용해 최적의 타이밍을 잡아 불화와 의심이라는 불덩이를 안겨준 것이다.

결과는 보다시피 훨훨 타올랐다. 애당초 과시성 결혼을 택한 커플의 한계였다.

"두 분."

치열한 전투 사이로 창규의 목소리가 끼어들었다. 그래도 흥분한 부부는 방송에서와는 달리 천박한 언어의 공방을 그치지 않았다.

"에이, 씨발……."

"야, 이 개자식……."

"두 분!"

별수 없이 목소리를 높이는 창규. 그제야 부부는 창규에게 시선을 주었다.

"두 분의 자료, 더 디테일하게 보강해서 얘기할까요? 보아하니 서로 다툴 사안이 많은 것 같은데 기왕이면 품위 있게 법정에서……."

"……!"

창규의 한마디에 홍태리와 이석후의 표정이 얼어붙었다.

—거기서 다 깔까요?

그 말이 아닌가?

"다른 의견이 있으면 말씀하시죠?"

창규는 등받이의 깊은 곳까지 한껏 등을 기댔다. 여유를 가진 자만이 취할 수 있는 자세였다.

"이혼… 진행하겠습니다. 이런 여자하고는 더 못 삽니다."

"내가 할 소리. 나도 너 같은 인간하고는 안 살아."

홍태리도 지지 않았다.

"좋습니다. 이석후 씨는 저랑 계약을 했으니 그렇다고 치고… 홍태리 씨는 밖에 있는 강성갑 변호사를 변호인으로 지정할 겁니까?"

창규의 질문이 날아갔다. 홍태리는 사색이 되었다. 그렇게 되면 설령 합의이혼으로 간대도 치부를 아는 사람이 더 늘어날 일. 더구나 강성갑은 윤 회장의 고문 변호사니 김기찬의 일까지 윤 회장의 귀에 들어갈 수 있었다.

윤여도 회장.

김기찬만큼 마음이 있는 건 아니지만 그녀에게는 좋은 스폰서. 집행유예 중이라지만 능력 있는 사업가이니 적이 되어 좋을 리 없는 홍태리였다.

"기왕 이렇게 된 거 변호사님 선에서 마무리 지어주세요."

홍태리가 말했다.

"홍, 왜? 언제는 좋은 변호사 구해서 강창규 밟아버리자더니."

"그건 너도 마찬가지였잖아."

"야, 나는 니가 그런 일 근처에도 간 적이 없다길래 맞장구 쳐 준 거였지."

"위선자 같은 놈. 그러는 너는 다 까발릴 자신 있어?"

"······!"

홍태리의 발악에 이석후도 기가 눌렸다. 다 까발리면? 세트로 생매장이었다. 그건 이혼으로 망치는 이미지보다 더욱 치명적이었으니 둘에게는 사형선고 자체와 같았다.

"좋아요. 뭐 좋은 게 좋은 거라니 두 분이 원하신다면······."

창규는 잠시 여유를 누렸다.

징벌적 쌍방수임.

이건 잠시 머리에 그리던 일이었다. 원래는 이석후의 수임
으로 몰아붙이려던 수임 건. 하지만 둘이 짜고 뒤통수를 노렸
으니 양쪽 주머니를 다 후려도 될 일이었다. 홍태리 역시 자신
의 비밀이 새는 것보다야 돈으로 때우는 게 유리했다.

"대신 홍태리 씨 수임료는 4억입니다."

창규가 느긋하게 말을 이었다.

"이 인간은 3억이라면서 왜 나는 4억이죠?"

"내 뒤통수를 노린 덕분에 의뢰인이 격분하고 있습니다. 그
러니 위자료 명목의 추가는 당연한 일입니다. 물론 이석후 씨
도 괘씸죄를 적용해 1억 추가합니다. 아직까지는 부부이니 일
심동체로 움직여야죠."

"……"

"이 건의 제보자가 돈을 원하는 건 아닙니다만 그 정도라면
제 선에서 잘 무마할 수 있을 것으로 봅니다."

"……"

"싫다면 다른 변호사를 사서 법적으로 대응하셔도 좋습니
다."

창규는 코너에 몰린 둘을 극한으로 밀어붙였다.

"아, 알았어요. 대신 이 자료나 증거가 '절대' 밖으로 유출되
지 않는다는 단서를 붙여주세요."

홍태리가 백기를 들었다.

빙고!

일타쌍피. 이제는 홍태리도 창규의 의뢰인이었다.

"당연하죠. 밖의 강성갑 변호사도, 윤여도 회장도 알지 못하게 하겠습니다. 물론 이석후 씨의 교제 파트너들에게도 절대 비밀을 약속합니다."

"……."

"합의이혼은 당사자들의 이혼 의사를 관할 법원에서 확인을 받아 당해 지자체에 신고하면 법적 효력이 완성됩니다. 가족관계의 등록 등에 관한 법률 제75조 제1항이 되겠습니다."

"……."

"그럼 여기다 사인을……."

창규가 내민 건 계약서였다. 홍태리는 거칠게 사인을 휘갈겼다.

"저는 민법 840조의 6항을 이유로 한 합의이혼만 진행해 드리겠습니다. 디테일한 사안은 소속사랑 합의해서 발표하십시오. 변론인으로서의 의견입니다만 두 분이 기자회견하면서 심쿵한 연기력을 선보이면 더욱 좋겠지요. 팬들의 마음을 흔드는 눈물 연기 같은 거 말입니다. 더 늦기 전에 서로를 위해 쿨하게… 어쩌면 동정심 때문에 두 분의 인기가 더 올라갈지도 모르겠네요."

난생처음으로 양자 의뢰를 받은 창규. 이미지 훼손 최소화

서비스까지 붙여주었다.

"그건 괜찮겠네요."

홍태리가 동의하자 이석후도 고개를 끄덕였다. 본질이야 어쨌건 끝까지 자기 이미지를 지키고 싶은 두 사람이었다. 덕분에 조금은 화가 나기도 하는 창규였다. 이기주의의 끝을 보는 기분이었다.

"그런데 민법 840조는 뭐죠?"

이석후가 물었다.

"간단히 말해서 성격 차이죠. 연예인들 이혼할 때 상당수가 그렇게 하잖아요?"

"……."

"계약금 이외의 수임료는 현금입니다. 돈이 들어오면 모든 자료는 소각, 삭제되어 영원히 비밀로 남을 겁니다. 자료를 제공한 의뢰인의 입도 제가 책임지고 막을 거고요."

"……."

"아, 일부 불성실하게 소득 신고를 하는 연예인들처럼 세금 포탈이나 하려는 건 아닙니다. 두 분의 인기와 소득으로 보아 3억 정도는 되어야 품위에 걸맞는 액수죠. 다만 두 분도 거액을 들여 이혼소송을 했다고 알려지면 팬들이 무수한 억측을 할 테니……."

"……."

"그럼 저는 이만."

창규가 먼저 일어섰다. 변호사가 된 후로 가장 시원한 발걸음이었다.

"강 변."

복도로 나오니 강성갑이 다가왔다.

"얘기 잘됐습니다. 부부가 자발적으로 제게 이혼 전반을 맡겼으니 선배님은 없던 일로 하시면 될 겁니다."

"그럼 내가 받은 수임료 착수금은 게워야 하나?"

"기부를 하시면 되겠죠."

"기부?"

"그럼 나중에 문제가 되어도 면피가 되실 테고."

"윤 회장님께는 뭐라고……."

"제가 안부도 전할 겸 직접 말씀드리죠."

"……."

창규는 손을 들어 보이며 강성갑을 지나쳤다.

"이봐, 강 변. 그럼 내 비밀은?"

"별일만 없다면 안전할 겁니다. 제보자의 입은 제가 책임지겠습니다."

창규는 선배를 향해 미소를 잊지 않았다. 불덩이가 이글거리는 눈빛에 얼음장 같은 미소. 강성갑은 한 번 더 등골이 오싹해지는 걸 느꼈다.

'젠장, 사람이 180도 바뀌었네. 헐렁하던 전의 모습하고는 아주 딴판이잖아?'

볼을 타고 흐르는 식은땀조차 감당하기 어려운 강성갑이었다.

차를 향해 걸으며 창규가 전화번호를 눌렀다. 윤 회장의 직통 라인이었다.

―어, 강 변?

그는 한 타이밍 늦게 전화를 받았다. 사무가 바쁘신 모양이었다. 그렇거나 말거나. 창규는 선고를 내리듯 할 말을 전했다.

"홍태리 부부 이혼 건 말입니다 당사자들끼리 합의이혼으로 정리가 되었거든요. 이석후 씨가 증거를 원하는데 회장님 관련 부분은 빼느라 애먹었습니다. 하지만 한 번 더 개입이 되시면 이 건의 제보자가 그냥 넘기지 않을 눈치입니다. 이번에도 간신히 말렸거든요."

깝치지 마세요.

창규의 통보는 엄중 경고에 다름 아니었다.

"으휴!"

전화기 너머에서는 윤 회장의 숨넘어가는 소리가 깊어갔다.

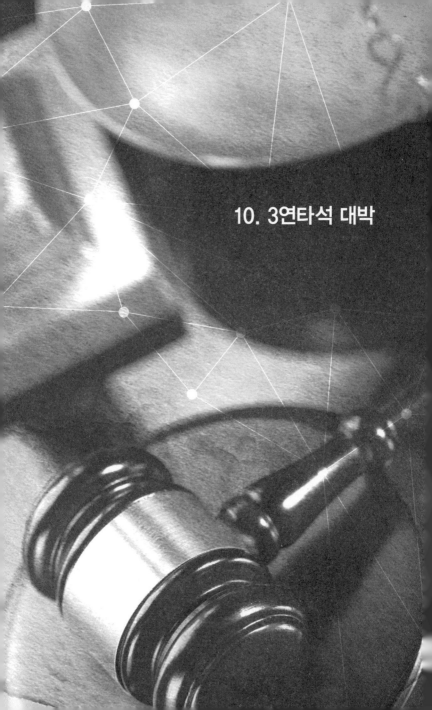

10. 3연타석 대박

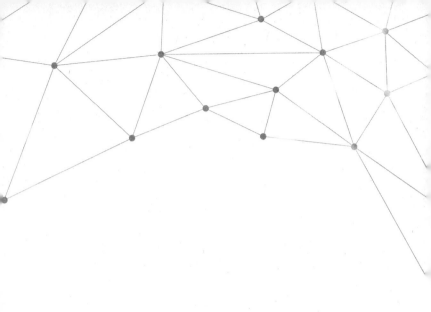

〈홍태리 이석후 커플 전격 이혼!〉

〈연예가 쓰나미, 홍태리 이석후 초스피드 파경!〉

〈이상향 차이 느껴 서로를 위해 파격 결단!〉

〈천생연분 커플의 광속 이혼 미스터리, 연예가 패닉 상태!〉

―ㅎㄷㄷ 초대박 헬조선 뉴스…….

―이것들 그럴 줄 알았다.

―연예인 이 인간들은 결혼을 안 하는 게 답…….

―천생연분 좋아하네. 첫날밤 뒹굴어보니 서로 프로인 줄 알

앉나 보지.

　—위에 분, 이 커플들이 결혼 전에는 안 뒹굴었겠어요?

　—남의 불행에 함부로 말하지 맙시다.

　—이혼 천국 개한민국 만세!

　—강 냅둬라. 이혼하거나 말거나.

　—또 시작이네. No답 연예인들. 결혼이 장난이냐?

　—옛다 관심.

　—그냥 즐기면 되지 요란하게 저지르더니.

　—잘했다. 기왕 헤어질 거면 빠른 게 좋지.

　—나도 진심 홍태리랑 이혼 한번 해봤으면.

　—위에 분, 나랑 진심 동감…….

　이혼이 발표된 날 인터넷이 후끈 달아올랐다. 처음에는 팬들의 비난 일색이었다. 원색적인 욕설도 휘황찬란했다.

　다음 날, 둘은 공식 기자회견을 열었다. 수척한 화장발로 나왔다. 기자회견장에서 보인 둘의 연기도 최상급이었다. 특히 홍태리가 그랬다. 발연기로 말아먹던 드라마를 생각하면 기가 막힐 정도였다.

　수척한 얼굴에 콩알 눈물 뚝뚝.

　"연기자에게 결혼은 쉬운 일이 아니었어요."

　"앞으로는 오직 연기에만 몰입하겠어요."

이때만은 아카데미상을 수여해도 모자랄 정도였다.

이혼(?)의 아픔을 겪으면서 연기력이 좋아진 걸까? 아니면 절박함이 만들어낸 것일까? 다른 누구도 몰랐다. 오직 창규만 아는 장면이었다.

인터넷 댓글도 급변했다.

—힘내세여.

—요즘 이혼 한번 하는 게 대수냐?

—아유, 우리 불쌍한 태리…….

상당수가 둘을 동정하는 분위기로 바뀌었다. 덕분에 홍태리 이석후는 단숨에 포탈 실시간 검색어 1위에 올랐다. 놀라운 건 창규 역시 상위권에 포진했다는 것.

창규의 순위는 홍태리 이석후 '소속사'와 '민법 840조'에 이어 9위에 랭크되었다.

민법 840조가 상위권에 오른 건 창규가 표면적인 이혼 사유로 그 조항을 내세운 까닭이었다. 840조를 들여다보면 여섯 가지 조항이 있다. 그 마지막을 장식하는 여섯 번째 조항은 이랬다.

⑥ 기타 혼인을 계속하기 어려운 중대한 사유가 있을 때.

기타라는 단어에서 알 수 있듯이 여기에는 복잡다난한 이유가 붙을 수 있다. 흔하게는 의처증, 의부증이 있고 성생활 거부, 범죄행위, 과도한 신앙생활, 행방 묘연, 알코올중독도 포함된다. 물론, 창규가 내세운 성격 차이 역시 단골로 나오는 이유였다.

　청강빌딩은 오전 내내 붐볐다. 기자들이 몰려온 것이다. 그들은 이혼소송의 변호인이었던 창규로부터 비하인드 스토리를 듣고 싶어 했지만 소득 없이 돌아갔다. 창규가 한 말은 딱 한마디뿐이었다.

　"노코멘트."

　의뢰인의 비밀 유지.

　입이 무겁게 보이면서 창규의 신뢰도 또한 급상승 그래프를 그렸다. 여기도 강창규, 저기도 강창규가 된 것이다.

　"어이구, 빈집에 소 들어오니 요란하네."

　2호실 육경욱이 보인 반응이었다. 복도로 나온 그는 창규를 보자 작심한 듯 냉소를 날렸다. 자신이 하면 실력이고 창규가 하면 행운으로 보이는 것이다.

　"머잖아 농장 차릴 겁니다."

　창규도 점잖게 받아쳤다.

　"구제역 걸리는 농장?"

다시 돌아오는 가시 돋힌 역공.

"다른 사무실 다 걸려도 우리 농장은 무사할 수도 있죠."

창규가 질 리 없다. 이제는 육경욱이 부럽지 않은 창규였다.

"오버하기는. 그동안 패소한 전적 생각하면 그럴 여유가 없을 텐데?"

"저는 지난번 윤 회장 건부터가 인생 2막입니다만."

"2막 같은 소리. 그런다고 68패가 어디 가나?"

육경욱의 목소리는 개무시에 가까웠다.

"전년도 꼴찌 팀이 올해 우승할 수도 있는 거 아닙니까?"

"팀도 팀 나름이지."

육경욱의 심보는 자꾸만 엇나갔다.

'남 잘되는 꼴 못 보겠다?'

창규는 쓴웃음을 삼켰다. 더는 응대하지 않았다. 한 마디, 한 마디마다 달라붙던 자격지심은 심해로 가고 없었다. 그렇게 꿈꾸던 현찰이 들어오는 까닭이었다.

22억.

통장에 꽂힌 돈 외에 현금 21억 4천만 원이 들어왔다. 공미혜와 정수라를 먼저 회식 장소에 보내놓고 접수한 현찰이었다.

단 두 방.

윤 회장과 홍태리 부부의 두 건으로 긁어들인 대박 수임료였다. 로펌의 스페셜 고문급들이나 가능하다는 초대박 성과였다.

돈······.

너로구나.

감개무량했다. 무더기로 쌓아놓으니 더 실감이 나지 않았다. 개도 안 물어간다는 종이 딱지 때문에 받은 고통이 얼마였던가?

늘어나는 대출금과 아내를 속여야 한다는 자책감. 그로 인해 술에 의존하던 시간들. 만감이 교차하자 송글 수정체에 맺혔던 눈물이 돈다발 위에 떨어졌다.

Money.

변호사가 된 목적은 아니었다. 하지만 돈 없는 변호사 생활은 쉽지 않았다. 이제는 그 굴레를 벗어났다. 과거의 강창규였다면 꿈도 꿀 수 없는 수임료를 땡긴 것이다.

'수임료. 일부는 기부하시게.'

이재명 부장판사의 말이 머릿속에서 팽이를 그렸다.

그러죠.

쿨하게 고개를 끄덕였다. 사람 인심은 금고에서 난다고 했다. 기사회생한 마당에 그런 약속까지 깰 생각은 없었다.

운명!

홍태리와 이석후는 그렇게 생각해 버렸다. 그렇기에 혼귀왕들의 마수걸이 간택을 받은 것이다. 오늘이 아니더라도, 혹은 창규가 아니더라도, 그들은 생의 어느 날 이혼이라는 길을 갈 사람들이었다. 그렇게 합리화시키니 마음이 편안해졌다.

'응?'

돈을 챙긴 서랍을 잠그려할 때 안내장 하나가 눈에 들어왔다. 건물 임대 재계약 건이었다. 그새 만기가 도래한 것이다.

시선을 두둑으로 옮겼다.

이 시작은 두둑이었다. 두둑의 시작은 아르메니아인. 어쩌면 아르메니아인을 도운 보답일지도 몰랐다. 은혜로운 두둑을 집어 들었다.

'흐음……'

냄새를 맡았다. 별코두더지들의 거름을 먹고 자란 살구나무가 재료…….

자료를 찾아보니 별코두더지는 완전히 별종이었다. 원래는 미국이나 캐나다 쪽에 주로 서식한다. 그런데 어쩌자고 저 먼 아르메니아까지 갔을까? 이름도 그렇지만 더 재미난 사실이 있다.

별코두더지들이 먹잇감을 먹어 치우는 데 지상 최고의 본능을 가졌다는 것.

동물학 자료에 따르면 그들이 먹잇감을 판단하는 데 필요한 시간은 고작 0.008초였다. 내 밥이라고 판단하고 먹어 치우는

데까지 달랑 0.2초. 그야말로 최고의 먹성이 아닐 수 없었다.

별코두더지의 영어명을 보던 창규의 시선이 고요해졌다.

'Star—nosed mole.'

스타.

창규는 별 두 개를 떨어뜨렸다. 홍태리와 이석후였다. 한 쌍
이다. 식귀도 쌍으로 받았다. 그러고 보면 두둑의 출현은 예
삿일이 아닌 것 같았다.

스타.

스타노즈.

스타모레.

스타노모

"……!"

단어들을 재조합하다 마지막 이름에서 필이 꽂혔다. 구멍가
게에 불과한 창규의 사무실. 심기일전하는 의미로 분위기를
바꿀 참이었다.

이름도 하나 내세울 생각이었다. 개나 소나 변호사 이름을
앞세우니 독특한 걸 생각하던 차였다. 거기에 딱 부합하는 이
름이었다. 별코두더지의 영문명을 줄인 스타노모. 노모를 거
꾸로 하면 모노. 모노는 하나, 유일을 상징한다. 뭔가 있어 보
이는 이름이었다.

순간 사무실의 전기가 나갔다.

'응?'

지금까지 한 번도 없었던 일. 뭘까 싶어 고개를 들다가 시선이 정면의 대형 거울에 닿았다. 안개가 보였다. 거울에서 뭉게뭉게 밀려 나오는 안개. 그 안개를 밟고 두 혼귀가 스산하게 걸어 나왔다. 몽달천황과 왕신여제였다. 창규는 자리에서 일어나 두 혼귀왕을 맞았다.

"입이 찢어지는구나."

두 혼귀는 소리도 없이 가까워졌다.

"……"

"돈이 그렇게 좋으냐?"

"돈보다 해냈다는 보람 때문에……."

"진심이냐?"

"예."

"하긴 우리 혼귀국의 혼귀들도 네 덕분에 오늘 밤은 웃게 생겼다."

"……"

"이제 몇 건이 남았지?"

"443."

"아는구나. 처절하게 깨뜨려야 할 커플은 지구상에 널리고 널렸다. 한시도 긴장을 풀지 말거라."

"저기 혼귀왕님……."

"할 말이 있느냐?"

"죄송하지만 첫 수임 이행 기념으로 도움말 하나 주시지 않겠습니까?"

"도움말?"

"혼귀국 말입니다. 거기서 본 사람 하나의 행방을 알고 싶습니다."

"어떤 사람 말이냐? 결계에 들어온 커플이 한둘이 아니거늘."

"그러니까 제가 그 결계라는 곳에 들어설 때 본 사람인데… 잠깐만요."

창규가 서둘러 서랍을 열었다. 찾는 건 맨 아래에 처박혀 있었다. 그걸 꺼내 몽달천황에게 내밀었다. 빌딩 여주인 마금자가 찾는 아들 사진의 출력물이었다. 재계약 안내장을 보다 생각난 일이었다.

"이자를 찾는다고?"

"예."

"이자는 죽었다."

"……?"

"결계에 빠진 자는 주로 두 가지 길을 간다. 하나는 질시와 반목에 흘려 사랑하는 사람과 원수가 되어 빠져나가든지, 아니면 그 잘난 사랑을 고집하다 죽음의 향에 취해 이끌려 가다 삶을 마감하든지."

이해가 되었다. 그래서 고태산 근처에서 사고가 잦았던 것이다.

"그럼 시체라도……."

"……."

"어머니가 원하고 있습니다. 이미 죽었다면 혼귀국의 혼귀들이 저주하는 사랑도 함께 죽은 것이니 인도적인 차원에서 찾게 해주심이……."

"흐음……."

"찰떡궁합이라며 과시하고 으스대는 사랑이 싫은 거지 다른 건 아니지 않습니까?"

"좋다. 네 말대로 마수걸이 기념으로. 하지만 그 친구 건에 한한다. 공연히 경찰이 나서서 산속 결계까지 오가면 우리 일상에도 방해가 되니까."

"그러면 국격도 낮아지죠."

몽달천왕의 말에 왕신여제가 맞장구를 놓았다.

국격?

하긴 혼귀국도 국가다. 그들에게는.

"그렇게 하지요."

"더불어, 한 건 해결에 한 번 쓸 수 있는 식귀의 능력으로 갈음한다. 이의 없느냐?"

"예?"

창규가 고개를 들었다. 생각지 못한 계산법이었다.

"이의 있다면 없던 걸로 해도 좋고······."

"없습니다."

선뜻 대답을 했다. 조금 아쉽긴 하지만, 마금자의 아들을 찾을 수만 있다면 시시한 수임 한 건과 비교될 일이 아니었다. 빌딩 사무실 임대 재계약건도 그렇지만 지난날 마금자가 한 말 때문이었다.

"찾아만 주면 백지수표라도······."

그녀에게 있어 아들은 보석과도 같은 존재. 그렇기에 그 마음이 완전히 변하지는 않았을 마금자였다.

"내일 동틀 무렵 결계 아래쪽으로 이어지는 계곡으로 가거라. 거기 작은 소가 하나 있는데 그곳에서 큰 바위 틈새를 잘 찾아보면 유골을 찾을 수 있을 것이다."

"고맙습니다."

창규의 인사와 함께 두 혼귀왕의 모습이 희미해졌다. 그들 세계로 돌아간 것이다. 동시에 전기도 다시 밝아졌다.

빙고!

창규는 쾌재를 불렀다. 사체를 찾을 수 있다면 빌딩 여주인의 수임을 맡는 것과 같았기 때문이다. 게다가······.

'돈보다 더 필요한 게 있거든.'

창규의 눈동자가 반짝 빛을 발했다.

"여보세요? 마 여사님?"

창규는 빌딩주인 마금자에게 전화를 걸었다.

ㅡ강 변호사님이 웬일이쇼?

마금자가 전화를 받았다.

"실은 아드님 일 말입니다."

설명을 마친 창규가 수화기를 놓았다. 그녀는 20분도 되지 않아 허겁지겁 달려왔다.

"강 변호사님이 우리 아들 행방을 알 것 같다고요?"

태도도 전과 달랐다. 사무실 임대를 쓰는 변호사들 중에서 최고 허접 취급을 하던 마금자. 하지만 윤 회장에 이어, 세상을 후끈 달군 홍태리와 이석후 이혼 건까지 히트를 치자 조금 달라진 눈치다.

산에서 내려온 후에 치른 두 건의 수임은 창규의 이미지를 확실하게 상승시킨 효과가 있었다.

"제가 짬짬이 알아보고 있었거든요. 그런데 잘나가다가 중간에서 동선을 놓쳤습니다. 혹시 아드님 일기나 다이어리 같은 게 있습니까?"

"다이어리가 있어요. 잠깐만 기다리세요."

마금자가 차에서 다이어리를 가져왔다. 경찰에 넘겨주었지만 시큰둥하게 대하는 통에 다시 받아왔다고 했다. 뒤져보니 산에 대한 메모가 많았다. 아들이 드라이브를 좋아한 모양이었다.

"……!"

거기서 창규의 눈에 불이 반짝 들어왔다. 그저 낙서처럼 써 내려간 곳에 원하던 단어가 있었다.

—고태산.

수많은 산 이름 중의 하나. 마침 밑줄도 있었다. 이 정도면 추적의 단서로 삼기에 충분했다. 다짜고짜 산에서 시체를 찾게 되면 공연한 오해를 살 수도 있기 때문이었다.

"이걸 보니 확신이 서네요. 저한테 감이 오는 장소가 있습니다. 다녀와서 말씀드리겠습니다."

"저랑 같이 가요."

"아직 정확하지 않아서 그럽니다. 일단은 제가 먼저 확인한 후에……."

"세상에, 우리 아들의 행방을 이제야 알게 되다니… 그놈 무사한 거죠?"

"그러길 바랍니다."

말을 아껴두었다. 슬픔이라는 건 조금이라도 늦게 만날수록 좋은 일이니까.

"좋아요. 혹시라도 죽었다면 뼈라도 내 곁으로 데려와야죠. 집에서 꼼짝도 않고 기다릴게요."

"그러세요. 마음 차분하게 먹으시고……."

"이거 착수금으로 써요. 아들 행방만 알아준다면 돈은 얼마든지 드리겠어요."

마금자가 봉투를 내놓았다. 1,000만 원이 든 봉투였다.

"돈은 넣어두시고……. 나중에 다른 부탁을 드리겠습니다."

"다른 부탁?"

"임대 재계약 안내문을 받았습니다. 그동안 사무실 구조가 완전히 바뀌어 전에 있던 자리로 가지는 못하겠지만 편의를 좀 봐주시면……."

전에 있던 자리는 육경욱 사무실의 일부가 되었다. 육경욱이 사무실을 확장하면서 임대료가 두 달 밀린 창규를 밀어내고 합방을 해버린 것.

"그러세요. 아들 행방만 알게 되면 뭔들 못하겠습니까? 이 층 전부라도 내주겠어요."

마금자는 몇 번이고 허리를 굽혔다. 수백억, 수천억대의 자산가인 마금자. 잘나가는 변호사들에게도 고래 힘줄보다 뻣뻣하던 그녀도 모정 앞에서는 약한 어머니에 불과했다.

"……!"

회식 장소에서 창규를 기다리던 정수라와 공미혜, 새로 합류하기로 한 남자 직원 곽상길까지 놀라 고개를 들었다. 주인공 격인 창규가 카드만 내주고 일어선 것이다.

"미안해. 아주 급한 사건이라서……."

창규가 설명을 풀어놓았다. 전부터 지켜보던 사건이다. 실종자의 다이어리를 보며 동선을 그리다 보니 문득 영감이 왔다. 아무래도 뭔가 이상해 당장 확인해 봐야겠다는 것이 창규의 요지였다.

"그럼 우리도 가야죠. 변호사님이 밤새우겠다는데……."

설명이 끝나기도 전에 정수라가 일어섰다.

"사무장님, 그럴 필요 없습니다. 더구나 야밤에 산에 올라가야 하는 일이라서."

"그럼 더욱 같이 가야죠. 요즘 산돼지나 고라니도 많다는데 변호사님 신변도 보호해야 하고……."

"하지만 이게 어쩌면 사체를 찾게 될지도……."

창규는 난처했다. 회식을 하자고 한 건 창규였다. 홍태리 이석후 부부의 이혼 건도 마무리가 되었고 신입 남자 직원도 합류하게 되었다. 게다가 사무장 환영식도 제대로 못해준 창규.

겸사겸사 오지게 한턱내려던 차에 마금자 아들 건이 긴박하게 걸린 것이다.

보통의 법률 사무실이라면 남자 직원 곽상길을 데리고 가면 될 일이었다. 하지만 그는 오늘 오후에 인사차 온 사람. 그런 처지에 야간 산행, 더구나 시체 찾는 일에 끼워 넣기는 쉽지 않았다.

"상관없어요. 나는 흉악범 살인사건도 많이 봤는데요,

뭐……."

정수라는 태연했다.

"그럼 야간 산행 회식이 되는 건가요? 왠지 재미있을 거 같은 데요? 오싹하면서 스릴도 있고……."

의리파 공미혜도 꽁무니를 사리지 않았고.

"저도 괜찮습니다. 처음 맡는 사건부터 흥미진진한데요."

곽상길까지도 참석을 선언했다.

결국 만장일치로 회식 장소(?)가 바뀌었다. 테이크아웃으로 커피와 음식을 포장해 차 안에서 회식을 하기로 했다. 운전은 교대로 하며 음료수와 요리를 먹었다.

"하핫, 진짜 재미나네요. 이런 회식이라니."

핸들을 잡은 곽상길이 웃었다. 그의 입에는 소갈비가 물려져 있었다.

우물우물!

운전하면서 먹는 갈비는 묘미가 있었다.

"내가 그랬잖아? 범상치 않은 변호사님이라고. 뭐 상길 씨야 홍태리, 이석후 사건 보고 합류 결심을 내린 거겠지만."

정수라가 커피를 마시며 말했다.

"에이, 아닙니다. 변호사님이랑 면담하고 난 후에 의욕이 굉장해 보여서 결정했거든요."

"처음에는 68패가 살짝 마음에 걸렸다며?"

"그 후로 3연승이잖아요? 과거보다 현실이 중요한 거죠. 야구에서도 3연승이면 스윕이거든요."

3연승 스윕.

상길의 호응이 마음에 들었다. 긍정적인 면을 볼 줄 아는 친구였다.

"좋아. 이따가 사체 찾으면 귀신에게 물어보자고. 그 마음 진심인지 구라인지."

"얼마든지요!"

상길의 대꾸를 들으며 정수라는 고태산 계곡 주위를 검색했다. 달리는 차에서 회식을 겸해 업무를 보는 것도 색다른 경험이었다.

"사무장님, 그리고 상길 씨, 미혜 씨."

창규는 나이순으로 호명했다.

"예?"

세 직원이 거의 동시에 돌아보았다.

"이제 직원 구성도 끝났고 해서… 현판 하나 만들까 하는데 '스타노모' 어때요?"

"스타노모? 무슨 뜻이죠?"

정수라가 물었다. 창규는 별코두더지와 그 의미를 짤막하게 알려주었다. 먹잇감을 보면 전광석화처럼 먹어 치우는 두더지. 그 먹성처럼 소송을 해치우자는 희망을 담은 이름.

"좋네요. 노모. 독특하고 럭셔리해 보이잖아요."

"저는 사무장님 해석이 더 좋은 듯."

미혜도 찬성 쪽으로 기울었다.

"오케이, 그럼 이제부터 '스타노모'로 가는 겁니다."

창규는 단칼에 정리를 마쳤다.

중간에 휴게실에 들러 산행에 필요한 도구를 보강했다. 우선 등산화를 샀고, 랜턴과 줄 같은 것도 구했다.

―계곡의 작은 소.

―큰 바위 틈새.

두 개의 지표가 있으니 위치 파악은 그리 어렵지 않았다.

끼익!

목표에서 가까운 지점에 차가 멈췄다. 나름 무장(?)을 한 네 사람이 네 개의 랜턴으로 고태산의 밤길을 밝혔다. 겁날 건 없었다. 창규도 대학 동아리에서 4년간 호신술을 익혔지만 정수라와 상길 또한 허튼 양아치 한둘쯤은 메다꽂고도 남을 실력. 게다가 넷이나 되니 산돼지라고 해도 쉽게 달려들지 못할 무리(?)였다.

"어멋!"

앞쪽을 비추며 가던 미혜가 기겁을 했다.

"왜 그래?"

미혜보다 세 살 많은 상길이 물었다.

"사람……."

움츠린 미혜가 조그맣게 대답했다. 랜턴이 비치는 곳에서 다가오는 불빛. 새벽 등산객이었다.

"행운인데요?"

상길은 바로 등산객에게 다가갔다. 붙임성 있게 인사를 하고 목적지 확인에 들어갔다. 초행 산길이니 열 번을 확인해도 나쁘지 않은 것이다.

"이쪽이 맞답니다. 제가 앞장섭니다."

확인을 끝낸 상길이 선두에 나섰다.

"상길 씨, 인간성 괜찮죠? 성격도 그렇고."

창규 옆에서 정수라가 물었다.

"누가 데려온 사람인데요. 어련하겠어요?"

창규가 대답했다. 사무장 정수라가 아름아름 물색해 온 사람. 첫인상도 좋고 표정까지도 밝아 마음에 쏙 든 창규였다.

"저깁니다."

앞서가던 상길이 걸음을 멈추고 랜턴을 비췄다. 불빛을 받은 소(沼)가 검은 물비늘로 대답을 했다. 넷은 앞서거니 뒤서 거니 하며 계곡으로 내려섰다.

휘이이!

새벽바람은 서늘했다. 미혜가 옷깃을 세우는 사이, 창규는 혼귀왕들이 말한 바위 앞에 도착했다. 어둠 속에 자리한 바위의 형상은 제법 오싹해 보였다. 흡사 지옥의 풍경을 켜켜이 겹쳐놓은 것 같았다.

"여기인가요?"

상길이 가방을 벗으며 물었다.

"아마?"

대충 얼버무린 창규가 랜턴을 고쳐 들었다. 일단 빛이 닿는 곳까지 바위 틈새를 비췄다. 빛이 바닥에 닿았다. 하지만 사체로 보이는 건 없었다.

"여기는 아닌 것 같아."

창규가 옆 바위로 옮겨갔다. 조금 더 높았다. 그 바위는 수직으로 빛을 넣기도 쉽지 않았다.

"조심하세요!"

사무장이 소리쳤다.

"걱정 말아요."

창규가 바위에 납작 엎드렸다. 그 안전을 위해 상길이 뒤에서 다리를 잡았다. 각도를 잡은 창규가 랜턴 빛을 쏘았다. 좁은 바위틈은 쉽게 속내를 보여주지 않았다. 우묵하게 깊은 안은 뭐가 들어 있는 건지 알 수가 없었다.

'동틀 무렵.'

혼귀왕들의 말을 상기하며 잠시 숨을 돌렸다. 그 시간이 머지않았다. 창규는 바위에 앉아 숨을 돌렸다. 목적지가 코앞에 있으니 마음이 급했던 것이다.

"여기가 맞아요?"

사무장이 물었다.

"그런 거 같습니다."

"확실하면 경찰을 부르는 게 좋지 않을까요?"

"확인부터 하고요. 그냥 불렀다가 아무것도 없으면 미안하잖아요?"

창규가 웃었다.

신새벽, 빛은 숭고한 힘으로 어둠을 걷어냈다. 어둠 속에서 새파란 날이 서는가 싶더니 산능선이 희끗희끗 터져왔다.

"날이 밝나 봐요."

미혜가 하늘을 보며 말했다. 어둠을 옥죄던 청자 빛깔이 엷어지기 시작했다. 그게 신호였다. 산자락을 넘어온 첫 번째 빛이 산을 둘러싸고 있던 어둠을 털어냈다. 바위 형상이 드러나자 창규가 다시 엎드렸다. 바위 틈 사이로 랜턴을 조절했다.

"……?"

뭔가 희끗한 것이 보이자 상길을 불렀다.

"상길 씨, 랜턴을 같이 좀."

"알겠습니다."

상길도 창규 옆에 엎드렸다. 두 남자는 낮은 포복으로 불빛을 조준했다. 하늘빛이 절반쯤 밝혀놓은 바위 틈. 랜턴이 가세하자 조금씩 속살을 드러내 주었다.

"조금만 아래로……."

창규의 랜턴이 각도를 꺾었다. 상길도 그곳으로 빛을 집중해 주었다. 그러자 희끄무레한 형체가 아른거렸다.

"조금만 더……."

창규가 소리쳤다. 그리고… 마침내 랜턴이 바위 틈새의 바닥에 닿았다.

"……!"

창규가 숨을 멈췄다. 삭은 옷자락 사이에서 희끗한 형상이 또렷해지기 시작했다. 둥글었다. 빛을 받으니 흰색을 튕겨내고 있다.

어두컴컴한 그곳에서 하얗게 번득이는 물체.

그건…….

"으헉!"

형상에 집중하던 상길이 랜턴을 떨어뜨렸다. 옷자락 사이의 물체는…….

"꺄악!"

시선을 가다듬는 사이에 미혜의 비명이 이어졌다. 그건 해골이었다. 하나가 아니고 둘이었다. 마금자의 아들. 누군가와 함께 죽은 모양이었다.

띠뽀띠뽀!

산 아래와 계곡이 경광등과 소란에 휩싸였다. 경찰이 출동한 것이다. 119 구조대도 함께 왔다. 두 사람의 해골이 있는 바위 틈새가 좁아 보통 사람들은 접근하기 힘든 까닭이었다.

"아이고, 병창아!"

확인을 위해 달려온 마금자는 수습된 유골로 아들을 알아보았다. 손가락에 낀 반지와 손목시계, 어금니를 대신해 박힌 최고급 임플란트가 단서라고 했다.

절반가량 썩은 옷도 그렇고 근처에 떨어진 핸드폰도 아들 것이 맞다고 했다. 원인은 독극물로 보였다. 해골 주변에 독극물병이 있었던 것.

"지갑이 나왔습니다."

바위 틈새의 공간을 이 잡듯 수색하던 구조대원이 소리쳤다. 지갑에는 아들의 신분증이 들어 있었다. 짧은 유서도 있었다. 또 하나의 지갑은 옆 사람 것이었다. 아들보다 아홉 살 많은 여자였다.

"……"

신분증을 본 창규의 미간이 좁혀졌다. 그 여자가 맞았다. 결계 속에서 아들과 함께 있던…….

어머니.
죄송합니다.

용서해 주세요.

다음 생에는 어머니가 마음에 들어하는 여자를 만나겠습니다.

하지만 이번 생에서는 우리를 떼어놓지는 못하십니다.

우리는 영혼으로라도 함께할 테니까요.

불효한 아들을 용서해 주시기 바랍니다.

부디 몸 건강하세요.

"아이고, 결국 이 여자랑……."

사진과 유서를 확인한 마금자가 통곡으로 주저앉았다. 그녀도 사진 속의 여자를 아는 눈치였다.

창규와 정수라가 그녀를 부축해 일으켰다. 미혜가 가지고 있던 물을 건네주었다.

"저 여자가 끝내 우리 아들 신세를……."

마금자는 수천억대 자산가답지 않게 망연자실한 채 말을 이었다.

"한 번은 여자를 데려왔는데 글쎄, 아홉 살이나 많다지 뭐예요. 직업을 조사해 보니 클럽 바텐더더라고요. 그래서 죽어도 안 된다고 했더니 잠잠해졌어요. 그런데 이제 보니, 이제 보니……."

마금자는 억장이 무너져라 가슴팍을 두드려 댔다.

"아이고, 어리석은 놈. 아무리 제 눈에 안경이라고 어디서 그런 여자를… 그래서 결국 어미 가슴에다 이런 대못을 박고 가다니……."

마금자의 탄식 속에서 수색은 종결되었다.

"어떻게 유해를 발견하게 된 겁니까?"

취재를 나온 기자가 물었다.

"실종자가 연쇄살인범에게 희생된 줄 안 모친의 부탁이 있던 사안입니다. 제가 받은 의뢰는 아니었지만 어머니의 심정으로 실종자의 성향과 주변을 고려해 동선을 추적해 보았죠. 다이어리에 적힌 메모를 단서 삼아 거기 적힌 산을 하나하나 뒤지던 길이었습니다. 속마음으로는 두 사람이 심심산골에서 자연인으로 유유자적하며 살아 있기를 바랐는데……."

창규는 미리 준비한 대로 인터뷰에 응했다.

〈심심산중 2구의 유해 발견〉

〈부모의 교제 반대로 도피하던 연인, 독극물을 먹고 투신한 것으로 추정〉

〈거물 사업가 도박사건 집행유예 이끌어내고 유명 연예인 합의이혼으로 주목 받던 무명 변호사, 이번에는 오리무중이던 실종자 사건 해결〉

창규의 이름은 다시 한번 검색어 상위권에서 아른거렸다.

―강창규.

무려 실시간 검색어 2위였다.

1위는 여전히 홍태리.

얼굴 예쁜 인기인은 역시 달랐다.

직원들을 퇴근시킨 저녁, 창규는 혼자 소파에 앉았다. 테이블에는 두둑이 놓여 있었다. 두둑을 보며 지난날을 생각했다.

인간 강창규.

냉정히 돌아보면 정말 대책 없는 인간이었다. 경험도 능력도 없이 덜컥 변호사 사무실 개업을 한 것부터가 그랬다. 무슨 똥배짱이었을까? 판검사 재직 경험도, 로펌 근무 경험도 없었다. 그저 개인 변호사 밑에서 잡무 배운 걸 믿은 것이다.

그렇다면 그게 걸맞는 노력을 했던가?

그렇지 않았다. 그때의 창규는 날마다 사무장 똥구멍만 바라보았다.

비싼 술을 사며 그의 비위를 맞췄다. 어쩌다 걸리는 의뢰인들이라야 앞쪽의 사무실에서 퇴짜 놓은, 소위 '껀'이 안 되거나 수임료가 약한 경우였다.

거기에 사무장을 포함해 직원은 네 명. 월급으로만 천만 원 넘게 깨지고 있었으니 무모도 그런 무모가 없었다.

그때 설령 수임료 높은 사건이 들어왔다고 한들 어땠을 것인가? 준비되지 않은 변호사 강창규. 끝을 보지 않아도 뻔한 동영상이다. 누구를 상대한다고 해도 패소한 건 당연한 일이었다.

다시 현재로 돌아와 현실을 주지했다. 여전히 법원과 검찰, 경찰 쪽에 인맥은 없었다. 전관예우를 금지하고 어쩌고 하지만 재판도 사람의 일이었다.

학연, 지연, 혈연이 안 통할 리 없다. 법원은 절대 그런 일 없다고 앵무새처럼 강변하지만 그 말을 믿는 국민은 하나도 없는 것이다.

그 증거로 창규도 맛볼 뻔했다. 낚시로 죽은 선배 판사. 만약 죽지 않았더라면 창규도 학연과 지연의 짜릿함을 맛보았을 일이었다. 그렇기에 전관예우가 절대 없다고 할 수 없는 현실. 그렇기에 부럽기만 하던 법조계의 인맥들.

하지만 지금은 다른 게 생겼다. 쌍식귀의 섭취물 분석 능력을 이용할 수 있다고 가정하면, 피고의 입장이든 원고의 입장이든, 상대가 변호사든 검사든 속내를 알 수 있는 파워를 가지게 되었다.

그건 전관예우를 훌쩍 넘어서는 비기였다. 일단 재판으로 다투겠지만 검사나 판사가 대놓고 불이익을 준다면 그의 섭취물을 털어 불이익을 줄 수 있게 된 것이다.

요 며칠, 사무실 전화는 불이 났다. 검색 상위권의 위력은 놀라웠다. 거짓말 좀 보태면 전국의 이혼 작심 부부들의 절반과 행방불명자 가족 절반은 전화 문의를 해온 것 같았다. 창규도 몇 통을 받았다. 두 통화는 아직도 귓전에 생생했다.

—아내의 입 냄새가 존나 심한데 이혼 가능할까요?
—며느리가 집을 나갔어요. 전어를 구워도 안 돌아오네요. 좀 찾아주세요.

앞은 평범한 가장, 뒷 전화는 치매성 노인의 문의였다. 웃음을 참으며 정중히 안내를 했다.
"죄송하지만 수임이 밀려 당분간은 의뢰를 받을 수 없습니다."
사무실 직원 모두가 창규처럼 합창을 했다. 상담은 친절하게 하되 수임 계약은 신중했다. 서두를 일은 없었다. 대신 홈페이지 개설을 의뢰했다. 여러 가지 면으로 보아 필요한 일이었다.
'돈⋯⋯.'
창규가 5만 원권 지폐 한 다발을 집어 들었다. 전에는 그렇게 간절하던 돈. 하지만 이렇게 쌓아놓고 보니 느낌이 달랐다. 조바심에 어쩔 줄 모르던 과거는 흘러간 강물이 된 것이다.
첫 개시.

홍태리의 이혼 건.

이번에는 첫 단추를 제대로 꿰었다. 무려 8억을 쓸어 담았다.

책상 옆, 백자 항아리를 보니 어머니가 떠올랐다. 어쩌다 창규를 산에 데려가면 도시락을 깔 때 '고수레' 하며 음식을 던져놓았다. 산의 생명들에게 나눠주는 기부이자 화평과 안전을 기원하는 행위였다. 어린 창규도 곧잘 따라 했었다.

또 다른 어머니 말도 떠올랐다. 임종 직전에야 남긴 고미술상 아버지 이야기.

"아버지가 목숨처럼 좋아하던 작품들이 있었어. 밀수 누명을 쓰다 보니 그 작품까지 잃게 되어 상심해서 그만……."

억울하게 강탈당한 명예와 작품들. 어머니는 그걸 안타까워했다. 그렇기에 심연 속에 담아둔 말을 죽기 전에 꺼내놓은 것이다.

아버지 강태붕.

창규가 어릴 때 죽어 얼굴도 아련해졌다. 사연이 깊은 모양이었다. 어쩌면 돈 때문이었는지도 모른다.

그 이전까지는 집도 크고 형편도 넉넉했다. 그러다 아버지가 죽은 후에 가세가 기울었다. 그리고 보면 돈이 요물이었다.

질리지도 않는 요물이다.

　섹스조차도, 그 상대가 절색의 미녀라 해도 오래 하면 질린다. 맛난 요리도 그렇고 멋진 경치도 그렇다. 하지만 돈은 질리지 않는다. 취향도 타지 않는다. 키 큰 사람도 작은 사람도, 잘생긴 사람도 못생긴 사람도, 똑똑한 사람도, 멍청한 사람도 돈을 싫어하는 인간은 없었다.

　돈.

　손에 쥐면 마음에 요괴를 불러들이는 마물……

　'기부하자.'

　오래 쥐고 있으면 마음이 변할지 몰라.

　위기에서 손을 잡아준 이재명 부장판사. 그가 떠올랐다. 그와의 약속은 어떻게든 지키고 싶은 창규였다.

　수화기를 들었다.

　"안녕하세요, 원장님."

　창규가 전화를 건 곳은 순비가 다니는 상생병원이었다. 그 병원에는 심장과 신장 전문 내과가 특화되어 있었다. 인술을 실천하는 한윤기 원장은 캄보디아와 라오스 등지의 딱한 어린이들을 데려다 심장 무료 수술을 해주고 있었다.

　하지만 예산의 측면이 있다 보니 한해 두 건이 고작이라고 했다. 보통 한 어린이를 데려와 수술을 하고 돌려보내는 데 드는 비용이 약 2~4천만 원 정도.

창규는 어머니처럼, 다시 시작하는 인생의 첫 수임료 중 일부를 기부할 생각이었다. 그래야 이재명 부장판사가 베푼 덕에 대한 예의가 될 것 같았다.

고수레!

결심을 날렸다.

잘 매듭을 지은 첫 끗발. 그 끗발이 승소머신의 꿈을 팍팍 이어주길 바라며…….

"심장병 어린이 무료 수술 말입니다."

창규가 뜻을 전했다. 한 원장이 반색을 했다.

"예, 그럼 두 시간 후에 뵙겠습니다."

똑똑!

노크 소리를 들으며 창규는 통화를 마쳤다.

'마금자 여사로군.'

창규가 고개를 들었다. 그녀와 약속된 시간이었다.

"들어오세요."

대답이 떨어지자 바로 문이 열렸다. 예상대로 빌딩 주인 마금자였다.

"어머, 나 때문에 퇴근이 늦은 거예요?"

"아, 아닙니다. 앉으세요."

창규가 자리를 권했다. 마금자는 말없이 소파에 앉았다.

"장례는?"

창규가 조심스레 물었다.

"강 변호사님 덕분에 잘 치뤘어요. 조문과 조화…… 고마웠어요."

"그거야 마땅히 해야 할 일을……."

"아니에요. 그래도 강 변호사님은 특별하지요. 요즘 시대에 이런 말 그렇지만……. 점을 보러 갔더니 우리 아들 좋은 데로 갔다고 하더라고요. 그게 다 강 변호사님 덕분이라고……."

"사장님……."

"보살님이 그래요. 사체 나온 날이 우리 아들 대길할 날이었는데 강 변호사님이 그 대길을 건져 올려준 거라고. 강 변호사님이 아니었으면 거기서 영영 못 나왔을 거라네요."

"……."

"그 녀석… 거기서 얼마나 답답하고 추웠겠어요? 강 변호사님이 아니었으면 아직도……."

"……."

"사람 일이 이렇네요. 이럴 줄도 모르고 강 변호사님을 박대했으니……."

"그거야 제가 워낙 찌질한 변호사이다 보니……."

"별말씀을… 저와 제 아들에게는 지상 최고의 변호사시랍니다."

"……."

"이거 받으세요."

마금자가 봉투를 꺼내놓았다.

"뭐죠?"

"작은 답례예요. 전에 제가 공언한 것도 있고……."

공언!

기억이 났다. 아들의 행방이 묘연해진 초기였다. 연쇄살인에 얽힌 것으로 생각한 마금자는 식음을 전폐하고 있었다.

경찰 수사에서도 이상이 없다고 하자 초조해진 마금자가 변호사 사무실을 찾아다니며 공언을 했었다. 아들 행방을 알아내 준다면 10억이라도 내놓겠다고…….

『승소머신 강변호사』 2권에 계속…